ROBERT ESCARPIT

PAPA 1000

Illustrations de couverture et intérieures
Jean-Pierre Duffour

MAGNARD
JEUNESSE

1
Les ancêtres

ÇA y est ! Je le tiens ! s'écria soudain le docteur Debat en prenant connaissance de la lettre qu'il venait de décacheter.

— Qui ça, Papa ? demanda André.

— Ton arrière-arrière-grand-père maternel, Anatole Vigneau. Cela fait au moins trois mois qu'il me bloquait la ligne maternelle. C'était le père du grand-père de maman.

La passion du docteur Debat était la généalogie. Il n'y avait plus de clients dans la salle d'attente à cette heure-là et le médecin avait mis son téléphone sur répondeur. Si un malade appelait, il serait invité à s'adresser à un confrère, le docteur Loubens, qui habitait un peu plus loin dans la grand-rue de Bedous.

Ce n'était pas que le docteur Debat répugnât à l'ouvrage, mais un médecin de montagne a de rudes journées. Après avoir parcouru des kilomètres de chemins enneigés et s'être fait héliporter par les gendarmes pour secourir quelque alpiniste imprudent, on aspire à quelques instants de loisir pour se livrer à son passe-temps favori.

La chasse aux ancêtres était celui du docteur Debat. Il essayait de reconstituer l'histoire de la famille en remontant le plus loin possible dans le temps. Des piles de documents anciens, soigneusement photocopiés et répertoriés, encombraient les étagères de son bureau. De temps en temps, il ajoutait une date, un nom ou traçait au rotring des lignes sur les pages d'un grand registre noir ouvert devant lui.

André jeta un coup d'œil par la fenêtre. Il neigeait et la montagne de Lées était toute blanche. Dans quelques jours, si cela continuait, la piste de fond de Peyranère serait ouverte et le prof de gym du C.E.S. de Bedous ferait peut-être monter sa classe au Somport. A douze ans, André était un solide garçon aux cheveux noirs frisés et au regard éveillé. Bon élève en classe, il considérait les études comme une obligation parfois assommante, mais dont il fallait bien s'accommoder. Malgré une certaine tendance à rêvasser, il assimilait vite ce qu'on lui enseignait et rattrapait sans peine le temps qu'il perdait en songeries et jeux de l'imagination. Ce qu'il préférait, c'était le ski de piste où, au cours des longues descentes vertigineuses, l'esprit se libère et voltige follement au gré des poudroiements de la neige.

Il allait souvent s'exercer avec sa mère aux stations d'Astun et de Candanchu, de l'autre côté de la frontière

espagnole. Son père, retenu par les urgences ou accablé de consultations, avait rarement le temps de les accompagner, mais c'était un skieur de grande classe. Grand, bien découplé, le nez mince et saillant en bec d'aigle au-dessus de la grosse moustache noire, il avait gagné avec son équipe le championnat régional de pelote basque à main nue. Maintenant, à trente-cinq ans, il disait qu'il n'avait plus le souffle, mais il battait régulièrement André et ses camarades quand il les entraînait, les soirs d'été, sur le fronton municipal.

Pour le moment, il s'appliquait à ajouter dans son registre noir une inscription d'une écriture plus régulière et plus lisible que celle qu'il employait pour ses ordonnances.

— Voilà... Vigneau, Anatole, né le 8 avril 1862 à Saint-Jean d'Angély...

— Où est-ce, Saint-Jean d'Angély ? demanda André.

— Oh ! Très loin dans le Nord, en Charente.

— Et comment se fait-il qu'il soit venu jusqu'ici ?

— D'après l'acte de naissance, son père était marchand de bétail. Je suppose qu'il a eu affaire avec l'arrière-arrière-grand-père de maman qui était berger et qui emmenait ses moutons l'hiver, jusque sur les bords de la Dordogne. Ils ont dû se connaître là et leurs enfants se sont mariés.

— Alors maman est charentaise ?

Il y avait une sorte d'inquiétude dans la voix. Un Palois, un Bordelais ou même un de ces objecteurs de conscience blonds qui s'étaient installés à Aydius pour élever des chèvres, cela pouvait encore passer : c'étaient des étrangers, mais ils s'assimilaient vite au pays et finissaient même par parler le rude patois béarnais de la vallée d'Aspe. Mais les Charentais, comme les Parisiens, c'étaient vraiment des sauvages. Quand on croisait sur la route une voiture immatriculée en 16 ou 17, on faisait attention. Ces gens-là n'étaient pas francs. Le vieil Artigarède qui avait passé toute sa carrière d'instituteur en exil dans l'île d'Oléron, parlait avec méfiance de ces rougeauds madrés à l'accent pointu et aux manières cauteleuses.

Le docteur Debat rit.

— Ne sois pas raciste, fils. Ta mère est bien béarnaise et aspoise. C'est une Moulia d'Osse et une goutte de sang charentais n'y change rien. Après tout, le pauvre Anatole Vigneau ne représente qu'un sur huit des bisaïeuls de ta mère et pour toi un sur seize de tes trisaïeuls.

— Seize ? Tant que ça ?

— Eh, calcule : tu as deux parents, quatre grands-parents, huit arrière-grands-parents, seize arrière-arrière-grands-parents et ainsi de suite. Tu vois mon registre : il ne tient que huit noms en largeur sur chaque page, ce qui fait que, toutes les trois générations, je suis obligé de recommencer huit pages pour chaque nom d'ancêtre. Quand j'en serai à l'époque de la Révolution, si j'y arrive, je serai obligé d'acheter une bonne demi-douzaine de registres.

— Et avant ?

— Avant, il en faudrait des centaines, des milliers, des millions !

— Des millions ?

— Peut-être davantage. Tu connais l'histoire du pharaon et du mendiant ?

— Non.

— C'était un pharaon d'Egypte qui avait décidé de faire une aumône à un mendiant. « Demande ce que tu voudras, dit-il, je te le donnerai ». Le mendiant répondit : « Mon souhait sera modeste. Tu vois l'échiquier qui est devant toi ? Il a 64 cases. Mets deux grains de blé sur la première case, quatre sur la seconde, huit sur la troisième, seize sur la quatrième et continue ainsi en doublant à chaque case. Je me contenterai de ce qu'il y aura sur la soixante-quatrième case ». Le pharaon accepta, mais il fut bien surpris quand il s'aperçut qu'il aurait fallu mettre sur la soixante-quatrième case quelque chose comme dix-huit milliards de milliards de grains de blé, c'est-à-dire plus que l'Egypte n'aurait pu en produire en mille ans.

— Comment ça se fait ?

— Regarde.

Le docteur saisit sa calculette.

— Vois : j'inscris 2 puissance 64, c'est-à-dire 2 multiplié 64 fois par lui-même. Résultat :18 446 744 plus douze zéros. Presque dix-huit milliards et demi de milliards. Pour les ancêtres, c'est pareil. Ils doublent à chaque génération comme les grains de blé dans chaque case. On compte en moyenne trois générations par siècle, peut-être un peu plus, ce qui fait qu'entre toi et les gens qui vivaient au temps de Jésus-Christ, il doit y avoir à peu près soixante-quatre générations. Théoriquement, tu avais donc à cette époque dix-huit milliards et demi de milliards d'ancêtres.

Vainement, André essaya d'imaginer un pareil chiffre. Une fois, il avait essayé de compter combien il y avait d'étoiles dans le ciel. Il avait été déçu quand son maître lui avait dit qu'il n'y en avait que 7 646 visibles à l'œil nu. Des milliards de milliards, c'était tout à fait impensable.

— Mais ce n'est pas possible, Papa ! s'écria-t-il.

— Ce n'est pas possible en effet. Cela ferait plus d'hommes et de femmes qu'il n'en a jamais existé à la surface de la terre depuis l'apparition de l'humanité. En réalité, le chiffre est très inférieur car il y a une énorme quantité d'ancêtres qui font double emploi : il y a des masses de cousins et d'arrière-petits-cousins qui se sont mariés entre eux et qui avaient les mêmes ancêtres. Finalement, tes ancêtres au temps de Jésus-Christ devaient être de l'ordre de quelques millions ou de quelques dizaines de millions.

— Mais, Papa, un million ou dix, tous ces gens ne pouvaient pas venir de notre vallée qui n'a que quelques milliers d'habitants !

— Heureusement que non ! Sans quoi nous serions probablement tous des crétins difformes et dégénérés. C'est ce qui se produit quand une communauté ne mêle pas son sang à celui des autres. On appelle ça la consanguinité. C'est souvent arrivé dans les familles royales où l'on ne se mariait qu'entre cousins : cela a donné de belles brochettes de sous-développés mentalement et physiquement.

— À quoi ça tient ?

— Aux chromosomes. Tu en as 46 dans chaque cellule de ton corps. Ce sont de petits bâtonnets dont chacun détermine tes moindres caractéristiques : la couleur de tes yeux, de tes cheveux, de ta peau, la forme de ton visage, la composition de ton sang, ton degré d'intelligence, ton caractère et des milliers d'autres détails. Tu en as reçu 23 de ta mère et 23 de moi et nous t'avons donné chacun la moitié des chromosomes que nous tenions de nos parents. Or il y a toujours quelques-uns de ces chromosomes qui clochent : il y en a qui te font loucher, qui te rendent myope comme une taupe, qui te donnent un bec-de-lièvre, qui te tordent la colonne vertébrale, qui t'abrutissent au point de te rendre idiot. Si l'on n'allait pas de temps en temps chercher du sang frais ailleurs, ces chromosomes défectueux se multiplieraient et se développeraient dans la descendance. C'est pour ça que pratiquement toutes les civilisations ont interdit le mariage entre frères et sœurs et même cousins germains. Dans notre vallée, l'usage est de prendre femme en dehors de son village. Ta mère est d'Osse et moi d'Accous. Et il y en a qui vont se marier beaucoup plus loin. Sans parler d'Anatole Vigneau, j'ai dans mon registre au moins cinq de tes aïeules qui ont épousé des Espagnols et l'arrière-grand-père de ton arrière-grand-père a même ramené de la Martinique une épouse mulâtresse, ce qui a fait grand scandale dans le pays. Tu as donc toute une partie de tes ancêtres aux Antilles ou en Afrique !

Fasciné, André réfléchissait.

— Tous ces millions de gens pour aboutir à moi, dit-il, ça m'impressionne.

André rêvait souvent la nuit, surtout quand quelque chose l'avait vivement frappé dans la journée. Ses rêves, toujours très nets, avaient une étrange apparence de réalité et, en général, il s'en souvenait en se réveillant.

Cette nuit-là, à peine endormi, il commença à rêver. Il se trouvait tout en bas du cirque de Lescun, dominé par le pic d'Anie. Devant lui, à quelques pas, il voyait son père et sa mère assis sur un rocher. Derrière eux, il reconnaissait Papi et Mami Debat qui vivaient à Accous, mais aussi Mémé Loustalot qui vivait à Osse et Pépé Loustalot qui était mort deux ans plus tôt. Parmi les quatre couples qui s'alignaient derrière eux, il distingua le visage ridé de Mérote Jeanne qu'il avait connue dans sa petite enfance et l'uniforme de douanier de Pépé Moulia, dit Capborrut, dont le portrait était accroché à Osse dans la cuisine de Mémé Loustalot. A la rangée suivante qu'il supposa être celle de ses arrière-arrière-grands-parents, il ne reconnaissait plus personne. Au-delà, les rangs s'élargissaient de manière fantastique, perdant leur ordonnance dans une cohue où l'œil s'égarait. Etagés les uns au-dessus des autres, les visages tournés vers lui escaladaient les pentes à perte de vue et la foule confuse allait se perdre dans les lointains bleus des premières neiges sur les flancs du pic d'Anie. Pour la plupart, ceux qu'il pouvait distinguer avaient le rose mat de la peau de ses parents, mais il y en avait de plus sombres. Au loin on en voyait même de noirs. En général, les cheveux étaient brun foncé, mais, à quelque distance, André distingua une tignasse blonde qu'il supposa être celle d'Anatole Vigneau. Ailleurs, il y avait des taches plus sombres ou plus claires.

Soudain tous ces yeux proches ou lointains qui le regardaient lui donnèrent un malaise. On n'entendait pas un bruit.

Même l'eau du torrent au bord duquel il se trouvait coulait sans un murmure.

« Moi, se disait-il vaguement, moi, André Debat, je suis un peu de tous ces gens-là. Je porte en moi quelque chose de chacun d'entre eux. Qui suis-je ?... ».

C'était un peu comme les milliers de filets d'eau qui ruisselaient au dégel sur les anfractuosités de la roche et finissaient par se joindre au torrent qui se jetait dans le gave d'Aspe qui se jetait dans le gave d'Oloron qui se jetait dans le gave de Pau qui se jetait dans l'Adour qui se jetait dans la mer. Il était comme une goutte d'eau, une des milliards de gouttes d'eau qui suintaient des névés sous le soleil pâle et iraient se perdre dans l'immensité de la mer. Mais il était cette goutte d'eau particulière qui s'appelait André Debat et il ne comprenait ni pourquoi, ni comment il était cette goutte.

Le ciel s'assombrit et le tonnerre roula sur le pic d'Anie couronné de nuages. Dans le fracas qui emplissait le cirque, André crut reconnaître des mots, comme si la montagne lui parlait. Puis, peu à peu, les mots s'organisèrent en phrases et André crut entendre une voix géante qui s'adressait à lui, faite de millions de murmures.

— André, disait-elle, tu as devant toi ta famille sur des centaines de générations. Nous, tous ces hommes et toutes ces femmes, sommes tes ancêtres. Nous avons vécu chacun notre vie, mais en chacun de nous, il y avait une infime parcelle de ta propre vie. En chacun de nous, il y avait le brin d'un fil qui menait à toi pour que tu vives ta propre vie.

— Suis-je comme une goutte d'eau dans le torrent ? cria André à la montagne.

— Pas tout à fait. Les gouttes d'eau suivent la ligne de la plus grande pente, alors que chaque homme est libre de choisir son chemin. Et tu as du chemin à faire. Bonne route, André !

Il y eut un coup de tonnerre plus fort que les autres et André s'éveilla. Sa mère, Lucie Debat, était à côté de lui, l'air inquiet.

— Tu n'as pas eu trop peur ? demanda-t-elle.

— Qu'est-ce que c'était, maman ?

— Un petit tremblement de terre. Je crois que c'est fini, et la maison est solide.

Les tremblements de terre étaient fréquents dans la vallée. Tout le monde y était habitué. En général, les plus forts faisaient simplement claquer les portes et bousculaient la vaisselle dans les placards. En 1967, pourtant, le village d'Arette, dans la vallée voisine, avait été partiellement détruit.

Il était six heures du matin. Autant se lever. Le docteur Debat avait été appelé une demi-heure plus tôt pour une urgence à la douane d'Urdos.

Lucie et André prirent leur temps pour déjeuner : du café au lait avec de grosses tranches de pain de campagne grillé sur lequel le beurre fondait délicieusement.

— J'ai rêvé, dit André.

Il ne l'aurait pas dit à quelqu'un d'autre, mais il savait qu'il valait mieux ne rien cacher à sa mère. Il se sentait plus près d'elle que de quiconque et elle devinait toujours ses pensées les plus secrètes.

Lucie Debat était une petite bonne femme aux yeux brillants et aux cheveux frisés. Vétérinaire-conseil de la Direction départementale de l'agriculture, elle connaissait la vallée sur le bout du doigt, mieux même que son mari, car, dans ce pays de montagne, la vie dépendait des animaux plus encore que des hommes.

— Toi et tes rêves ! dit-elle en levant les sourcils. Et à quoi as-tu rêvé ?

— À mes ancêtres.

— C'est le dada de ton père qui déteint sur toi. Et qu'est-ce qu'ils t'ont dit, tes ancêtres ?

— Que j'étais comme une goutte d'eau qui serait libre d'aller où elle veut ; mais je voudrais bien comprendre d'où je viens.

— Tu viens de mon ventre, tu le sais bien.

— Oui, mais tu ne m'as donné qu'une moitié de moi. Papa m'a donné l'autre et chacun vous aviez reçu une moitié de vous-mêmes de votre père et de votre mère.

— Oui, et alors ?

— De toutes ces moitiés de moitiés de moitiés, qu'est-ce qu'il reste au bout de quelques siècles ?

Lucie hocha la tête.

— Il en reste plus que tu ne penses. Tu connais la grosse pierre qui est au-dessus du portail de la maison de Papi Debat à Accous ?

— Bien sûr.

— Il y a quelque chose d'écrit dessus. Tu l'as lu ?

— C'est la première chose que j'aie su lire : «*Aquesta qu'ei era casa de Meste Pèir Debat. 1585.* »

— « Cette maison est celle de Maître Pierre Debat, 1585 ». C'est la plus vieille maison d'Accous. 1585, ça fait quatre siècles.

André fit une rapide opération mentale.

— Quatre siècles, ça représente douze ou treize générations. D'après ce que dit Papa, je devais avoir plusieurs milliers d'ancêtres à cette époque.

— Peut-être, mais il n'y avait qu'un Pierre Debat et toi, tu es André Debat. Depuis 1585, il y a toujours eu des Debat dans cette maison. De ce Pierre Debat, il ne te reste peut-être pas plus qu'un grain de poussière, mais tu es toujours un Debat. Tu connais le cimetière d'Accous ? Tu as dû voir toutes les pierres où figure le nom de Debat. C'est ta famille.

André réfléchissait.

— C'est le mari qui donne son nom à la femme. La famille alors, c'est seulement les hommes ?

— Pas forcément, mais il y a des fils qui tiennent toujours mieux que d'autres et dans ton cas, le fil Debat est le plus solide. Si tu cherches dans le fond du cimetière, tu trouveras la tombe d'Anatole Vigneau, mon arrière-grand-père. Il a eu une fille, ma grand-mère, et deux fils, mes grands-oncles. L'un est mort à la guerre de 14 et l'autre est devenu prêtre. Il a fini comme préfet des études à l'Immaculée de Pau. Ils n'ont pas eu d'enfants et leur nom s'est éteint avec eux. Celui des Debat est toujours là, mais ça aurait pu être le contraire.

2
Papa

LE lendemain, André raconta son rêve à son père qui prit la chose à la plaisanterie.

— Intéressant, dit-il. Si tu avais pu prendre des photos, ça m'aurait aidé. Tu te rends compte de l'album de famille que ça aurait donné !

— On peut prendre des photos des rêves ?

— Jusqu'ici, on n'y est jamais arrivé, mais il n'est pas certain qu'on n'y arrive pas un jour.

— De toute façon, les portraits auraient été flous. On ne distinguait pas très bien.

— Pourtant, tu m'as reconnu, tu as reconnu ta mère, tes grands-parents d'Accous, Mérote Jeanne et même le brigadier Capborrut dont tu ne connais que le portrait.

— Ceux qui étaient près, ça allait, mais, plus loin, ça se brouillait.

— Hum, dit le docteur en levant les sourcils. Peut-être

pourrai-je te rafraîchir la mémoire. Nous allons faire une expérience.

Sa main alla chercher un livre sur le plus haut rayon de sa bibliothèque. Il souffla dessus pour enlever la poussière.

C'était un mince volume cartonné, à la couverture d'un vert fané et pisseux. André se haussa sur la pointe des pieds pour en lire le titre : LES ÉLUS DES BASSES PYRÉNÉES. 1848. Précautionneusement, Jean Debat feuilletait le livre. Il finit par arriver à la page qu'il cherchait et en cacha le bas avec la main. Il montra à André le portrait gravé qui figurait en haut de la page.

— Tu reconnais ?

André ouvrit de grands yeux.

— Mais... sans la barbe, on dirait que c'est toi !

— Maintenant, regarde le nom...

— « Jules Debat, conseiller général du canton d'Accous », lut André. Il est de la famille ?

— Cet homme-là, c'est l'arrière-grand-père de mon grand-père, donc, pour toi, ton ancêtre à la cinquième génération, ton Papa numéro 5 en quelque sorte. Tu avais vingt-sept autres ancêtres à ce moment-là, mais c'est à celui-là que nous ressemblons tous les deux. Tu ne l'as pas remarqué dans ton rêve ?

— Non... si, peut-être. Il portait un chapeau haut-de-forme. Il était tout à fait à gauche.

— Ça lui aurait plu. C'était un républicain d'idées très avancées.

Fasciné, André prit le volume et étudia le visage de l'ancêtre. Fin, long, le nez mince et saillant, les sourcils fournis, c'était un type qu'on rencontrait souvent dans la vallée, mais ici, l'air de famille était frappant.

— Ce que je ne comprends pas, dit-il, c'est comment une pareille ressemblance est possible avec tous ces mélanges dont tu m'as parlé.

— La génétique est une science compliquée, fils, et je ne puis te donner d'explication vraiment satisfaisante. Tout ce que je puis te dire, c'est qu'on a effectivement constaté de ces ressemblances à travers les générations dans les familles qui étaient assez riches ou assez connues pour avoir des portraits d'ancêtres. J'ai un collègue de Genève qui a fait une thèse là-dessus. Il y a probablement aussi l'influence du climat, du milieu naturel, de la manière de vivre. En Béarn, il n'est pas rare de rencontrer de beaux barbus qui sont le portrait craché d'Henri IV.

— Oui, j'en connais : monsieur Artigarède, par exemple.

— Ça ne veut pas dire qu'ils soient tous des descendants directs du bon roi de Navarre, encore qu'il ait dû en laisser pas mal derrière lui : ce n'est pas pour rien qu'on l'appelait le Vert Galant. Mais le plus probable est que les uns et les autres appartiennent à un peuple où les chromosomes qui donnent ce nez et cette bouche, sans parler de la barbe, sont plus forts que les autres.

— Pourquoi en certains endroits y a-t-il des chromosomes qui sont plus forts que d'autres ?

— Ecoute, tu devrais poser la question à Lassus. Il vient dîner ce soir.

Anatole Lassus était professeur d'anthropologie à l'Université de Bordeaux II. Originaire de Lourdios-Ichères, il venait souvent skier dans la vallée pendant les week-ends. C'était un grand bonhomme ossu et jovial. Entre le magret et les cèpes, André lui posa sa question. Lassus le regarda par dessus ses grosses lunettes.

— Au fond, dit-il, tu voudrais savoir d'où viennent les races ? Race est un mot qu'on hésite toujours à employer après les horreurs que les nazis ont commises au nom du racisme, mais il faut bien admettre qu'il y a des races humaines comme il y a des variétés d'animaux. Un Japonais ne ressemble pas à un Sénégalais. Mais tes deux petits chats que je vois jouer là-bas près de la télévision, ne se ressemblent pas non plus.

— Non, Scratch est une chatte siamoise et Lucifer est un matou tigré.

— Mais ce sont tous deux des chats. S'ils ont des petits chats ensemble, ça pourra donner un mélange avec, par exemple, des rayures marron sur fond bleu-gris. Pour peu que l'environnement s'y prête, tu auras une nouvelle variété de chats que tu pourras appeler le Catus Debatus.

— Mais, dit Lucie, il y aura toujours de temps en temps des Scratch siamois et des Lucifer tigrés.

— Oui, et si d'autres croisements interviennent, si, par exemple, tu te procures un chat noir, ta variété se transformera en d'autres variétés. Il en va de même des races humaines. Elles apparaissent à la suite de multiples croisements, elles se croisent entre elles et finissent par se transformer en d'autres races quand la sottise ou la folie de certains ne les séparent pas. Tu as entendu parler de l'apartheid ?

— Oui, c'est en Afrique du Sud : les Blancs obligent les Noirs à vivre séparés d'eux.

— Ces gens-là ne savent pas que beaucoup de bons esprits pensent que les très lointains ancêtres des Blancs avaient la peau noire. Les gens de pure race sont toujours, par définition, des bâtards.

— Au C.E.S., Mendiondo qui est de Sarre, dit que les Basques sont la plus vieille race du monde.

— C'est idiot. Si race il y a, la race des Basques est la même que. la nôtre. La différence, c'est qu'ils ont gardé leur vieille langue, alors que nous n'en avons gardé que quelques traces dans notre prononciation. Anthropologiquement, ils sont exactement pareils à nous.

— Ils ont les mêmes chromosomes ?

— Il y en a un, en tout cas, qu'ils ont souvent en commun avec nous : c'est celui qui donne un sang de type O négatif.

— Quand on m'a opéré de l'appendicite, dit André, on m'a fait une prise de sang. Le chirurgien m'a expliqué que c'était pour déterminer mon groupe sanguin au cas où on aurait besoin de me faire une transfusion. Il m'a même dit que j'étais O négatif. Qu'est-ce que ça veut dire ?

— Ça veut dire, dit Lucie, que tu ne peux pas recevoir de sang de gens qui sont d'un autre groupe que le tien. Papa et moi sommes des O négatifs tous les deux, mais s'il avait été O positif, il aurait fallu prendre des précautions lors de ta naissance. Mon sang aurait pu t'empoisonner.

— Il y a beaucoup d'O négatifs ?

— C'est relativement rare en Europe, dit le docteur, mais, justement, chez les Basques et les Gascons jusqu'à la Garonne, il y en a trois ou quatre fois plus qu'ailleurs.

— Bien plus que la langue et les simagrées folkloriques, reprit Lassus, c'est ce O négatif qui permettrait peut-être de parler de race, mais il faut être prudent.

— Mon Papa 5 était un O négatif ?

— Jules Debat ? répondit le docteur. On ne peut pas le

savoir : les groupes sanguins n'avaient pas encore été découverts à son époque. Mais c'est probable.

— Qui est ce Jules Debat ? demanda Lassus.

Le docteur raconta l'histoire du rêve d'André et de la découverte qu'ils avaient faite dans le livre de 1848. Il alla chercher le volume dans son bureau et le montra à Lassus.

— En effet, dit l'anthropologue, la ressemblance est vraiment étonnante. Tu lui ressembles même davantage que tu ne ressembles à ton père.

Papi Debat avait le nez en bec d'aigle, mais il était plus trapu et plus carré que le docteur.

— Je ne ressemble pas non plus à mon grand-père, dit ce dernier. Quant à mon arrière-grand-père, le petit-fils de Jules, je ne l'ai pas connu, mais je crois qu'il était plutôt petit et assez massif.

Cette nuit-là, André rêva qu'il voyait l'un derrière l'autre, en rang d'oignon, son père, Papi Debat, puis trois hommes au visage indistinct, mais râblés et courts de pattes et enfin Jules Debat, coiffé de son haut-de-forme, pareil à son père.

Dans la nuit, la neige commença à tomber en abondance et cela dura plus d'une semaine. André en profita au maximum. Le prof de gym emmena deux fois sa classe à Peyranère et, au week-end, Lucie conduisit son fils à Candanchu où la piste rouge était ouverte. Anatole Lassus les accompagnait.

Dans la voiture, tandis que les pneus à clous peinaient sur la route enneigée entre les Forges d'Abel et Peyranère, des pensées trottaient dans la tête d'André. Soudain, il demanda à Lassus :

— Dites, si on réunissait mon père, son père, le père de son père et ainsi de suite, ça ne ferait qu'une soixantaine de personnes jusqu'à Jésus-Christ ?

— Exact. En serrant un peu, ils tiendraient dans la salle d'attente et le cabinet de Jean.

— C'est très peu.

— Assez peu en effet. Contrairement à ce qu'on pense souvent, les familles s'étalent en largeur infiniment plus qu'elles ne s'étendent en longueur.

— Et si on remontait jusqu'à l'homme des cavernes ?

— Ça dépend ce que tu appelles l'homme des cavernes. Comptons le Paléolithique supérieur, c'est-à-dire à peu près trente mille ans : tes pères en ligne directe représenteraient un millier de personnes. Ils tiendraient facilement dans le village mais, depuis le temps, il n'est pas certain que tu les retrouverais là. Beaucoup de gens pensent qu'ils ne sont arrivés ici qu'à la fin du Néolithique, il y a quelque chose comme cinq mille ans, ce qui ne représente que cent cinquante à deux cents générations. Tes ancêtres tiendraient facilement dans la salle des fêtes.

— Ça paraît tout près. En somme, entre le premier Debat et moi, il n'y a que quelques centaines de personnes qui m'ont transmis ce nom.

— Pour le nom, beaucoup moins, dit Lucie en manœuvrant pour éviter une plaque de verglas. En fait, tu n'es que le treizième ou quatorzième Debat. Les noms de famille sont apparus très tard. Le premier à porter le nôtre a sans doute été ce Pierre Debat qui l'a inscrit au-dessus de son portail. C'était probablement son surnom : « celui d'en bas ». « *Devath* », en béarnais, ça veut dire « en dessous ».

— Mais la maison est en haut du village !

Lassus se mit à rire.

— Ton père est bien capable de découvrir que ce Pierre Debat avait un frère cadet qui s'était installé dans une borde sur le plateau d'Aoulet, encore plus haut qu'Accous et que, pour le distinguer de Pierre, on l'avait surnommé « *Là sus* », c'est-à-dire « en haut ». Ça a donné Lassus.

— Alors nous sommes cousins ?

— Au vingt-septième ou vingt-huitième degré peut-être, mais je n'ai aucune preuve que je descende de ce Lassus-là, ni même qu'il ait jamais existé !

Plusieurs fois, dans le mois qui suivit, André alla dans le bureau de son père chercher le mince volume à couverture verte. En le feuilletant, il trouvait des noms familiers et croyait reconnaître des visages, mais toujours il revenait à celui de Jules Debat, le conseiller général de 1848. Il finissait par connaître les moindres traits de celui que, dans sa tête, il appelait « Papa 5 ».

Jules Debat, disait la notice, était né le 12 mars 1812.

Il était fermier à Accous où il avait géré l'exploitation familiale héritée de son père René qui avait été glorieusement tué en 1814, lors de la défense d'Orthez contre les Anglais. Par sa persévérance, son courage et son intelligence, il avait appris à lire et à écrire à l'âge de 15 ans et était devenu syndic des agriculteurs de la Vallée d'Aspe auprès du sous-préfet d'Oloron avant d'être élu au Conseil Général comme candidat républicain-socialiste.

Le jour des morts, lors de la visite au cimetière, André était allé chercher la pierre qui marquait la sépulture de « Papa 5 ». Il l'avait trouvée, toute couverte de mousse, non loin du caveau familial, plus récent. Il y avait d'autres noms gravés dessus. Certains étaient indéchiffrables, mais il parvint à lire ceux d'Amélie Debat (1788-1852), de René Debat (1787-1814), de Marie-Fernande Debat (1814-1872) et de Jean Debat (1836-1893), probablement ses parents, sa femme et son fils.

Lui-même était mort en 1869.

André nota soigneusement les noms et les dates sur son carnet. Le soir, il les montra à son père qui ouvrit le grand registre noir.

— C'est bien ça, dit-il, sauf que Marie-Fernande n'était pas sa femme, mais sa sœur. La femme de Jules s'appelait Marie-Christine et c'était une Rouglan. Son nom devait être parmi ceux que tu n'as pas pu déchiffrer, ainsi que ceux de leurs quatre enfants dont deux sont morts en bas âge.

Il considéra le registre.

— En 1848, quand Jules a été élu conseiller général, il devait y avoir dans la maison d'Accous la grand-mère Amélie qui avait soixante ans, Marie-Christine et Jules qui en avaient trente-six, Jean qui en avait douze comme toi et Marie-Thérèse qui en avait huit.

André essayait de mettre des visages sous ces noms et de se représenter la maisonnée d'Accous telle qu'elle devait être en 1848. Le fils Jean avait son âge et il se l'imaginait pareil à lui-même.

Il y songea tout le lendemain et se fit plusieurs fois rappeler à l'ordre en classe pour son manque d'attention. La vision des « Papas » à la queue leu leu hantait son esprit. Chaque fois l'image de Jules Debat se faisait plus nette et il voyait se profiler autour de lui des silhouettes indistinctes.

Quand le prof de français lui demanda d'une voix tonnante et pour la deuxième fois : « Debat ! quel était le prénom de Corneille ? », c'est tout juste s'il sortit de sa songerie pour balbutier vaguement : « Ju... Jules, M'sieur ! », ce qui lui valut une mauvaise note.

Le soir, au moment de se coucher, il descendit dans le bureau de son père et prit sur le rayon le livre des élus de 1848. Longuement, à la lumière de la lampe de chevet, il étudia le portrait de Jules Debat.

— Papa 5... Papa 5... murmurait-il comme une incantation et il espérait sans trop s'en rendre compte voir les yeux se tourner vers lui et la bouche s'ouvrir pour lui répondre. Le volume lui échappa des doigts quand il sombra dans le sommeil. Et aussitôt, le rêve commença.

La vieille maison d'Accous n'avait guère changé. Il reconnut la grande cheminée avec sa plaque de fonte ornée d'anneaux.

Des braises y rougeoyaient. Une vieille, coiffée d'un fichu noir y fourrageait avec un tisonnier. Ce devait être la grand-mère Amélie et il sut d'instinct qu'on l'appelait Méliote. La poutre maîtresse avait la même couleur enfumée que de son temps et on y apercevait même la longue fissure qui avait dû se produire quand le chêne avait séché. Deux jambons y étaient suspendus, ainsi qu'une tranche de ventrèche et un chapelet de saucisses. Le crépi des murs était noir de fumée et une herrade1 cerclée de cuivre trônait sur une pierre percée, près de la fenêtre, avec son coupet[2] poli par l'usage.

1. Herrade : récipient destiné à conserver l'eau potable.
2. Coupet : louche de cuivre au manche percé servant à puiser l'eau dans la herrade et à boire.

Une grande femme mince entra. Elle portait un fichu sur la tête comme la grand-mère Méliote, un corsage bleu et un long jupon gris.

— *Qu'èi tirat era leit deras vacas,* dit-elle, j'ai trait les vaches.

Posant à terre les deux seaux qu'elle tenait à bout de bras, elle saisit une grosse marmite de fonte et y versa le lait. Puis, soulevant le récipient en force, elle le déposa sur le gros cercle de fer suspendu à la crémaillère au-dessus du feu.

— *Avisa't que ne desborde pas,* dit-elle à la Méliote, puis elle se tourna vers André.

— *N'as pas arré que har, Jantet ? Que cau talhucar era lenha.*

André connaissait la langue de la vallée qui n'avait guère changé depuis cette époque. Il comprit tout de suite que c'était lui, Jean Debat, et que sa mère, Marie-Christine, lui disait d'aller couper du bois. Manifestement, dans la famille, on l'appelait Jantet.

En descendant dans le jardin, il eut une surprise : le niveau était beaucoup plus bas que de son temps et le demi-sous-sol où Papi Debat rangeait ses outils était une étable où l'on distinguait des vaches. Il en émanait une douce chaleur odorante qui, à travers le plancher, se répandait dans toute la maison. Une fourche à la main, une femme, plus boulotte que Marie-Christine, changeait la litière et une fillette vêtue comme elle d'un long jupon gris et coiffée d'un bonnet blanc, l'aidait en transportant d'énormes brassées de fougère sèche. Ce devaient être sa tante Marie-Fernande et sa sœur Marie-Thérèse qu'on appelait — il le savait — Maïté.

Les bûches étaient entassées près d'un billot de bois au fond du jardin. Une hachette y était fichée. Il la saisit et se mit à tailler le bois en bûchettes. C'était un travail qu'il connaissait bien. L'hiver, les Debat aimaient allumer la cheminée du salon et il fallait maintenir approvisionnée en petit bois la corbeille où l'on gardait de quoi alimenter le feu.

Le jour commençait à baisser quand il termina de fendre la dernière bûche. Il vit alors un homme qui descendait la pente d'en face, poussant devant lui une cinquantaine de brebis qu'il alla enfermer dans un enclos en contrebas du jardin. Tandis qu'il s'approchait, André distingua le grand béret noir, la houppelande de peau de mouton et les grosses chaussettes de laine. Puis soudain, il le reconnut. C'était Papa 5, Jules Debat.

La ressemblance avec son père était telle qu'il n'eut aucune peine à lui crier :

— *Adiu, Papa !*

— *Adiu, hilhot ! Que vedi qu'as plan tribalhat !* Je vois que tu as bien travaillé !

La voix était presque la même que celle de son père, seulement un peu plus rocailleuse.

Papa 5 se dirigea vers la maison et André l'entendit qui disait à Marie-Fernande d'aller traire les brebis. Puis, d'un pas leste, il grimpa les marches jusqu'à la cuisine.

André planta sa hachette dans le billot et arriva à son tour dans la cuisine juste à temps pour aider la Méliote à sortir la marmite du feu et à la transporter jusqu'au saloir où elle refroidirait à l'air frais. Il entendait Papa 5 qui allait et venait dans la pièce voisine.

Quand il en ressortit, ce n'était plus le même homme. Il portait une chemise blanche avec une énorme cravate noire, un costume sombre de drap de laine et un chapeau haut-de-forme. Il dit à Marie-Fernande :

— *Que vau entara mairia.* Je vais à la mairie.

Il se tourna vers André et lui dit en français :

— Tu sais pourquoi je vais à la mairie, fils ?

— *Ne sabi pas, Papa.*

— Quand je te parle français, réponds-moi en français.

Curieusement, l'accent béarnais avait à peu près complètement disparu de sa prononciation qui était recherchée, presque « pointue ».

— Oui, Papa.

— Le français est la langue de la République. Si tu ne le parles pas et ne l'écris pas bien, tu ne pourras jouir de tous tes droits de citoyen. Justement, nous allons discuter avec le conseil municipal de l'installation à Accous d'une école publique.

— Il n'y en a pas déjà une ?

— Depuis la loi Guizot de 1833 qui fait obligation aux municipalités d'ouvrir des écoles élémentaires, il y a une classe qui est tenue par les Pères de Sarrance. Mais les Pères sont de vieilles mules réactionnaires et ignares. Je n'ai pas voulu t'y envoyer. Maintenant, nous allons avoir une vraie école, avec un maître qui connaîtra son métier. Tu en seras un des premiers élèves.

— Moi ? Pourquoi ?

— Parce que je veux que tu sois un homme libre et qu'il n'y a pas de liberté sans instruction.

Quand le père rentra, Marie-Fernande avait allumé le candelon de cire fixé au côté de la cheminée et la Méliote avait avivé le feu sur lequel bouillait la soupe. Les ombres jouaient fantastiquement sur les murs crépis.

On mangea la soupe sur des tranches de méture[1] autour de la grande table qui occupait le milieu de la pièce. Papa 5 avait enlevé sa cravate, remplacé sa veste par un gros tricot de laine brute, mais gardait sa chemise blanche.

— Tu iras à l'école à partir du 1er janvier, dit-il à André. Avant la fin de l'année, je veux que tu connaisses tes lettres. Si mon grand-père Jean-Baptiste a été désigné comme délégué à la Fête de la Fédération en 1790, c'est parce qu'il savait lire et écrire.

— Qui lui avait appris ?

— L'abbé Lacoudane qui était le desservant de la chapelle *Sent Christau* sur le chemin du col d'Iseye.

— Je croyais que la chapelle était abandonnée.

— Depuis la Révolution, elle n'a plus de curé, mais tu sais bien qu'on y dit la messe plusieurs fois par an, pour le pèlerinage. C'est à *Sent Christau* que Jean-Baptiste a été baptisé.

— Tu l'as connu, Papa ?

— Bien sûr. J'avais ton âge quand il a été tué en montagne. Il avait passé les soixante ans, mais c'était un rude chasseur d'isards. C'est l'ours qui l'a égorgé sur les pentes de Lapassa tandis qu'il essayait de défendre son troupeau.

La mémoire de Jantet en rêve disait à André que l'histoire était souvent racontée par la Méliote devant l'âtre, en famille pendant les veillées, mais il était curieux d'en savoir plus long sur ce Jean-Baptiste qui, en somme, était son « Papa 7 », l'ancêtre à la septième génération.

— Comment était-il, le grand-père Jean-Baptiste ?

---

1. Méture : sorte de pain fait avec de la farine de maïs, très répandu dans les Pyrénées.

— Un peu plus petit que moi maintenant, mais plus musclé. Il ne portait ni barbe, ni moustache. Ce n'était pas l'habitude en ce temps-là. Mais il avait le nez et les yeux des Debat.

Peu à peu, l'image de Papa 7 se formait vaguement dans l'esprit d'André endormi. Les contours de la cuisine perdirent leur netteté et les voix se fondirent en un murmure confus.

Comme à travers un voile, André sentit qu'il se levait et, qu'un bout de chandelle à la main, il se dirigeait, suivi de la petite Maïté, vers le réduit où leurs paillasses étaient étendues à même le sol, couvertes de couettes de plumes.

Quand il fut couché, avant de souffler la chandelle, il tourna la tête vers sa sœur du rêve et la considéra à la lueur vacillante de la flamme. Deux yeux noirs l'observaient intensément par-dessus le bord de la couette.

— Quand je serai grande, dit une petite voix étouffée par la plume, je me marierai avec toi.

— Mais tu ne peux pas ! Je suis ton frère Jantet !

Vivement, Maïté dégagea son visage de la couette. Il était ovale et régulier, encadré par des cheveux châtains tout frisés.

— Non, dit-elle, tu n'es pas Jantet. Qui es-tu ?

La question se répercuta étrangement sur les murs de la petite pièce.

— Qui es-tu ?... Qui es-tu ?...

La tête bourdonnante, André reconnut la voix qu'il avait entendue en rêve quelques semaines plus tôt dans le cirque de Lescun.

— Qui es-tu ?

— Je suis André ! voulut-il crier, mais sa voix s'étranglait dans sa gorge. Il fit un énorme effort.

— Je suis André !.... André !... André !...

Son nom emplissait sa tête. Il l'entendait comme un écho d'abord lointain, mais qui se rapprochait à chaque appel.

— André !

Il ouvrit les yeux et vit Lucie qui se penchait sur son lit et le secouait par l'épaule.

— André ! c'est l'heure de te lever ! Tu vas être en retard au collège !

3
Papa 7

LE docteur Jean Debat regarda son fils d'un air étonné et un peu effrayé.

— Que tu aies pu imaginer Jules Debat et sa famille dans ton rêve, je veux bien, mais comment tu as pu y introduire l'abbé Lacoudane, ça me dépasse ! Je ne t'ai jamais parlé de lui et j'ignorais même son existence jusqu'à la semaine dernière !

— Dans mon rêve, c'est Papa 5... enfin Jules Debat qui a parlé de lui à table. Il a réellement existé ?

— Oui. J'ai même découvert une notice sur lui dans la collection du bulletin du diocèse.

Il saisit un dossier sur une étagère et en tira une feuille reprographiée.

— « Abbé Jean Lacoudane, lut-il. Né en 1732, mort en 1807. Curé de Saint-Christau, Accous. Partisan des idées nouvelles en 1789, il émigra en Espagne quand les révolutionnaires exigèrent des prêtres de prêter serment de fidélité à la république régicide. Il rentra en France en 1802, après le Concordat et finit ses jours au couvent de Sarrance ». Je n'ai parlé à personne de cet abbé Lacoudane qui n'a d'ailleurs pas grand intérêt pour ma généalogie et dont je n'ai noté le nom que parce qu'il était d'Accous. Comment se fait-il que tu en aies entendu parler ? Parce qu'il faut bien que tu aies lu ou entendu son nom quelque part pour rêver de lui, tu es bien d'accord ?

— Je ne sais pas, Papa.

— Ecoute, je ne crois pas aux revenants. Tu as parlé en rêve avec Jules Debat, d'accord, mais il ne peut t'avoir dit des choses que tu ne savais pas, consciemment ou inconsciemment. Les rêves, ça vient de l'intérieur du cerveau, ce sont des illusions qu'on se fabrique soi-même.

— Papa 5 avait l'air bien réel, Papa, et tous les autres aussi.

— Ouais... admettons que tu aies été l'objet d'un phénomène psychique inexpliqué, une sorte de transmission de pensée entre toi et moi, par exemple. Il y a un moyen simple de vérifier. Ce grand-père, Jean-Baptiste, Jules t'a bien dit qu'il avait été délégué à la Fête de la Fédération en 1790 et qu'il avait été tué par un ours, probablement vers 1824 ou 1825 ?

— C'est ce qu'il a dit. Et j'avais l'impression d'avoir souvent entendu raconter ces histoires par la grand-mère Méliote.

— La liste des délégués à la Fête de la Fédération, ça doit bien se trouver quelque part et un berger tué par un ours, ça a dû se raconter dans les journaux de l'époque.

Dès que j'aurai un moment, j'irai faire un tour aux archives départementales. De toute façon, j'ai besoin d'identifier ce Jean-Baptiste.

— Pourquoi ?

— Parce qu'à cette époque, il y avait trois Jean-Baptiste Debat à Accous et je ne sais pas lequel est le grand-père de Jules. J'ai retrouvé mention de la naissance de son père René dans le registre paroissial de 1782, mais il est donné comme « fils de Jean-Baptiste Debat » sans autre indication. Si tes messages d'outre-tombe ont quelque valeur, les détails que t'a donnés Jules devraient me permettre d'identifier le vrai Jean-Baptiste et de remonter plus haut dans la généalogie.

Il se passa plus d'un mois avant que Jean Debat eût le temps de se rendre à Pau pour consulter les archives. Deux fois pendant cette période, André eut l'occasion de se rendre chez ses grands-parents, à Accous, une fois pour le soixante-dixième anniversaire de Pépé Debat, une fois pour la Noël. Chaque fois il fit le tour de la maison et du jardin pour y chercher des souvenirs de son rêve. Couvert de neige, l'endroit où il avait fendu le bois était occupé par un vieux poirier. L'enclos à moutons était devenu un poulailler.

Dans le demi-sous-sol où étaient rangés les outils, il découvrit un reste de l'ancienne étable : une mangeoire faite de deux solives entre lesquelles étaient alignés des barreaux de buis. Elle était maintenant presque au ras du sol en terre battue. Quand il explora la cuisine, il trouva derrière la télévision une grosse pierre plate enfoncée dans le mur et ne faisant saillie que de quelques centimètres. Au-dessus, un creux du mur formait une sorte de niche dans laquelle Mami Debat avait placé un pot de cuivre plein d'edelweiss, d'*imortelas,* comme on disait dans la vallée.

Quand il lui demanda à quoi servaient cette pierre et cette niche, elle répondit :

— C'était l'ancien évier. On y gardait la herrade et le coupet pour puiser l'eau à boire. C'est mon beau-père qui l'a fait tailler quand on a mis l'eau courante dans le village et qu'on a installé le nouvel évier dans l'autre coin de la cuisine, à la place de l'ancien four à pain.

L'évier, la herrade et le coupet étaient bien là dans son rêve et, cela, il ne pouvait l'avoir inventé. Il chercha le réduit où il était allé se coucher avec la petite Maïté, mais la porte était murée. Il dut faire le tour par le jardin. La petite pièce qui donnait dans l'ancien saloir où Mémé Debat gardait ses conserves, servait maintenant de cave à Pépé Debat. Sur des râteliers de fer s'alignaient les bouteilles de Madiran et de Jurançon.

— Maïté ! dit-il à haute voix et il lui sembla que le nom se répercutait sur les murs d'étrange façon.

C'est à la mi-janvier que Jean Debat appela son fils dans son bureau. Il tenait à la main un bout de papier.

— Lis, dit-il. C'est un extrait du Mémorial des Pyrénées du 8 septembre 1824. J'ai eu du mal à le trouver, mais il n'y a pas de doute.

— « D'Accous, lut André, on signale la mort tragique d'un berger, Jean-Baptiste Debat, âgé de soixante-deux ans, qui a été tué par un ours en défendant son troupeau. Les bergers voisins, accourus à son aide, ont abattu la bête, mais l'infortunée victime avait cessé de vivre. La peau de l'ours est exposée chez monsieur Labatut, commerçant à Oloron. Elle sera vendue au profit de la famille du défunt ».

— L'histoire de l'ours est donc bien vraie, dit Jean Debat, et, qui plus est, comme on donne l'âge, elle me permet d'identifier mon Jean-Baptiste.

Il saisit le dernier des cinq registres noirs dans lesquels il consignait maintenant le résultat de ses découvertes généalogiques. D'entre les pages, il tira trois fiches.

— Des trois Jean-Baptiste Debat de cette époque, un est né en 1758, un autre en 1762 et un autre en 1765. Si l'on s'en rapporte à l'âge donné dans le Mémorial, le bon est celui de 1762... Le voilà : « Ce jour 5ème de May 1762 avons baptisé Jean-Baptiste, fils d'Abel Debat, fermier, et de Marguerite Soulé... ». Abel, ça sent le protestant, ça !

André savait que des protestants vivaient dans la vallée. Le village d'Osse avait un pasteur, on disait même que le brigadier des douanes Capborrut était huguenot.

— Mais les gens d'Accous n'étaient pas catholiques, Papa ?

— Du temps de Jean-Baptiste, ils l'étaient, puisque son baptême figure dans le registre paroissial, mais à l'époque du royaume de Navarre, deux siècles plus tôt, tout le monde devait être protestant dans la vallée. C'est sous le règne de Louis XIV, après la révocation de l'Edit de Nantes, en 1685, qu'on a converti les gens au catholicisme, parfois d'une manière assez rude. Il y a même eu une petite guerre de religion entre les *ahumats* et les *gracios*, c'est-à-dire les habitants de Lées-Athas et ceux d'Osse. Pour en revenir à Jean-Baptiste, ton Papa 7, comme tu dis, reste à vérifier l'histoire de la Fête de la Fédération. Je n'ai rien trouvé aux archives.

La chance servit le docteur Debat. Quelques jours plus tard, en fouinant chez un bouquiniste d'Oloron, il découvrit un vieil exemplaire de la Déclaration des droits de l'homme et du citoyen au dos duquel, d'une encre délavée, une main anonyme avait noté les noms des délégués du département des Basses-Pyrénées à la fête du 14 juillet 1790. Au milieu de la deuxième colonne, il trouva un « Cadier» et un « Desbats » à côté desquels figurait la mention « Aspe ».

— Je m'incline, dit-il à André. Ton Papa 7 est bien tel qu'on te l'avait décrit dans ton rêve. Ce Jean-Baptiste va me permettre de remonter plus loin encore dans l'arbre généalogique de la famille. Si tu as d'autres rêves du même genre, dis-le moi. Je ne sais pas comment ça s'explique, mais les indications valent leur pesant d'or !

C'est seulement au début des vacances de Carnaval qu'André fit un nouveau rêve.

Cela le prit brutalement, un soir qu'il s'était endormi en lisant une bande dessinée où l'on parlait de la Révolution française.

Il était sur la place d'Accous et il faisait très chaud.

L'église était déjà là, mais toute en pierre brute, sans son revêtement de crépi. A la place de la mairie, il y avait un petit bosquet de hêtres bordé par une margelle formant terrasse et un escalier. Le chemin qui descendait de chez Papi Debat était une sorte de petit ruisseau dont l'eau courante alimentait au pied de la terrasse boisée un bassin où des femmes lavaient du linge. C'était là que, plus tard, on avait construit le lavoir municipal, maintenant abandonné et à demi caché par un mur sur lequel un architecte farfelu avait fait incruster des mosaïques reproduisant des dessins des enfants de l'école maternelle. Il y en avait un d'André, représentant un ours rouge. Il avait l'air d'un chien de berger qu'on aurait passé à la peinture au minium dont on se servait pour marquer les moutons.

L'école non plus n'était pas là. A sa place s'élevait la maison communale dont le toit d'ardoise brute était couvert de mousse. Au-dessus de la porte flottait le drapeau de la vallée : trois dagues rouges sur fond jaune.

Une foule nombreuse se pressait dans l'étroit espace entre l'église et la maison commune. Il y avait là des gens de tous les villages de la vallée : Urdos, Cette, Eygun, Borce, Etsaut, Lées-Athas, Osse, Bedous, Aydius, Sarrance et même Lescun. Les gens de Lescun se reconnaissaient à leur aspect grave et farouche. Vivant retirés au fond de leur cirque, ils avaient un parler différent de celui des autres villages, mêlé de basque et d'aragonais. Ils n'aimaient pas les étrangers et sonnaient, disait-on, le tocsin quand ils voyaient des inconnus pénétrer sur leur territoire.

André se trouvait dans la peau d'un petit garçon de six ans, brun et râblé, que son père tenait par la main. Levant les yeux vers lui, il sut que c'était Papa 7. Jean-Baptiste Debat ne ressemblait pas à Jules, mais on retrouvait le nez saillant et les sourcils fournis au point de former une ligne noire au-dessus des yeux. Il portait un large béret noir et, malgré la chaleur, une houppelande de peau de mouton et de gros bas de laine.

Des drapeaux tricolores flottaient au-dessus de la foule où les discussions allaient bon train. Personne ne parlait français, mais seulement la langue de la vallée, plus rude et mêlée de mots basques et espagnols. André fut surpris de s'apercevoir qu'il comprenait parfaitement. Papa 7 le tira par la main.

— Viens, René, dit-il. Allons écouter ce que les maires des villages ont à dire et ce qu'on va décider. C'est une journée historique. Tu t'en souviendras plus tard.

Ainsi, il était lui-même René, c'est-à-dire Papa 6, le père de Jules, celui qui était destiné plus tard à être tué par une balle anglaise devant Orthez.

On s'attroupait face à l'escalier qui montait vers le bosquet de hêtres. Les notables s'alignèrent le long de la margelle. Par la mémoire de René, André reconnut sans jamais l'avoir vue auparavant la crinière blanche de l'abbé Lacoudane.

Le silence se fit peu à peu et, l'un après l'autre, les maires des villages prirent la parole, certains très brièvement car ils étaient peu habitués à parler en public. Le plus éloquent fut celui de Lées-Athas, gros propriétaire dont on disait qu'il avait fait des études de droit.

— Nous sommes réunis, dit-il, pour décider si nous enverrons des délégués à la Fête de la Fédération à Paris. Je dis tout de suite que je suis contre. Les fors de Béarn qui nous ont été octroyés par Gaston de Foix et qui ont été renouvelés par les rois qui se sont succédés sur le trône de Navarre, puis de France, garantissent l'autonomie de notre vallée. Nous ne sommes pas soumis à la juridiction du parlement de Pau. Ici, le roi de France est suzerain, mais non souverain. Vous savez tous que lorsque Louis XI est venu dans cette vallée, il a dû abaisser son gonfanon au pont d'Esquit en reconnaissance de notre souveraineté. Nous n'avons pas désigné d'électeurs pour les Etats Généraux. Si nous envoyons des délégués à la Fête de la Fédération, nous reconnaîtrons l'autorité souveraine du Roi et de l'Assemblée Nationale et nous abdiquerons nos antiques libertés !

Un homme coiffé d'un bonnet rouge se précipita pour prendre sa place à la tribune
improvisée. C'était l'apothicaire de Bedous.

— *Ciatadans deth Vath d'Aspa !* s'écria-t-il. Le 4 août de l'an passé, tous les membres de l'Assemblée Nationale ont aboli les privilèges et les aristocrates ont renoncé à leurs titres de noblesse. Serons-nous moins ardents qu'eux à proclamer l'égalité devant la loi de la Nation ?

— Il n'y a jamais eu de nobles dans la vallée d'Aspe, objecta le maire de Lées-Athas. Nous n'avons pas de privilèges auxquels nous puissions renoncer !

— Les fors sont des privilèges ! Il n'y a plus une loi pour chaque vallée ou chaque village, mais il n'y a plus que la seule loi de la Nation. Basques ou Béarnais, gens du Barétous, de l'Aspe ou de l'Ossau, nous sommes tous des citoyens égaux du département des Basses-Pyrénées ! Vive le Roi ! Vive la Nation !

Il y eut quelques acclamations dans la foule où l'on brandit des drapeaux tricolores. Le bruit des discussions monta d'un ton.

C'est seulement quand l'abbé Lacoudane s'approcha de la margelle et leva la main qu'un silence relatif revint. Il était accompagné d'un grand bonhomme maigre, vêtu de noir.

— Mes amis ! Mes amis ! cria-t-il. Ecoutez-moi ! La décision que nous devons prendre est d'importance. Je comprends les réticences de notre compatriote de Lées-Athas et j'attache moi-même beaucoup de prix aux libertés de notre chère vallée. Mais les événements qui se déroulent en ce moment à Paris auront des conséquences qui dépasseront largement nos intérêts particuliers.

Plus que jamais, le royaume aura besoin d'être uni autour de son souverain. À six lieues d'ici, c'est l'Espagne. Nous sommes les gardiens de la frontière de la France. Croyez-vous que le nouveau gouvernement laissera sans protection les passages du Somport et du Col de Pau ? On nous imposera une garnison, une autorité militaire et si nous nous rebellons, nous n'aurons d'autre recours que d'appeler les Espagnols à notre aide. Voulez-vous être Espagnols ou voulez-vous être Français ? C'est dans cette vallée que commence le pays de la liberté. Je suis un curé et vous me connaissez, mais vous connaissez le clergé espagnol. Beaucoup parmi vous sont des huguenots et, en tant que prêtre catholique, je le déplore, mais je leur en reconnais le droit au nom de la liberté de conscience. C'est pourquoi j'ai demandé au pasteur Cadier, d'Osse, d'être à côté de moi pour manifester la réconciliation des fois religieuses comme la Fête de la Fédération manifestera la réconciliation de tous les Français parmi lesquels les Aspois s'enorgueilliront d'être les plus ardents défenseurs de la liberté, de l'égalité et de la fraternité !

Les acclamations, cette fois, furent plus nourries. Jean-Baptiste Debat regarda son fils, les sourcils levés.

— L'abbé Lacoudane, dit-il, est un homme bon et juste. Nous l'aimons tous, mais les prêtres n'ont pas toujours chanté la même chanson. Tu es trop petit pour le savoir, mais mon arrière-grand-père Zébédée a été pendu parce qu'il était huguenot. Nous sommes devenus de bons catholiques, la Sainte Vierge de

Sarrance nous en rend témoignage, mais il y a des choses qu'il ne faut pas oublier.

De nouveau, l'abbé Lacoudane levait la main.

— En symbole de cette réconciliation, mes amis, reprit-il, je vous propose d'envoyer à Paris deux délégués : Samuel Cadier, le propre neveu du pasteur, représentera les protestants et, pour les catholiques, je vous propose un de nos plus humbles, mais plus méritants travailleurs de la terre à qui j'ai eu la joie d'apprendre à lire et à écrire : j'ai nommé Jean-Baptiste Debat, notre sympathique Tistou !

Il y eut un tonnerre d'applaudissements et d'acclamations. Levant la tête vers Papa 7, André lut la stupéfaction sur son visage. Il ne s'attendait certainement pas à cet honneur. Il voulut protester, mais déjà des dizaines de bras se tendaient pour le porter en triomphe. Lâchant la main de son père, André se trouva perdu entre les grosses jambes chaussées de laine des montagnards. Dans son rêve, il gardait sa lucidité, mais le petit René, en lui, avait envie de pleurer.

— Papa ! cria-t-il, éperdu.

Une petite main se glissa dans la sienne, rassurante. Il leva les yeux et reconnut Maïté, la fille de Jean-Baptiste Lassus qui habitait l'Aoulet. Elle avait huit ou neuf ans et le dominait de la tête. Ses cheveux étaient frisés et son visage ovale. Elle ressemblait à sa sœur du rêve précédent.

— Ne pleure pas, René, dit-elle. Tu n'es pas perdu. Viens, nous allons monter jusqu'à ta maison pour annoncer la nouvelle à ta mère.

Ensemble, ils remontèrent de pierre en pierre le ruisseau qui servait de chemin jusqu'à la maison des

Debat. Elle était pareille à ce qu'elle serait en 1848, mais le four à pain empiétait plus largement sur la ruelle. Le mur qui délimitait le jardin n'était pas encore construit. L'enclos à brebis, en contrebas, était beaucoup plus vaste et donnait directement sur la rive de la Berte dont on entendait le murmure monotone sur les gros cailloux.

Quand il entra dans la cuisine, la main toujours dans la main de Maïté, un grand feu flambait dans la cheminée devant laquelle s'affairaient des femmes aux formes indécises. Il faisait déjà très chaud dehors. Le foyer ardent lui souffla au visage son haleine brûlante et la violente lueur des flammes l'obligea à fermer les yeux.

Il se força à les rouvrir. Un grand soleil tiède entrait par la fenêtre de sa chambre, inondant le lit. Il tourna la tête et regarda le réveil : près de dix heures. Avec un soupir d'aise, il se retourna entre les draps. C'étaient les vacances ; pas de classe aujourd'hui.

Quand il descendit, sa mère avait laissé le café au chaud sur la cafetière électrique et les tartines étaient prêtes dans le grille-pain.

Il mangeait de bon appétit quand ses parents survinrent, suivis d'un homme barbu et d'une femme, tous deux âgés de trente-cinq ou quarante ans. Derrière eux venait une fillette. Quand il l'aperçut, André sentit le pain grillé qui s'arrêtait dans sa gorge. Par deux fois déjà, il avait vu dans ses rêves ce visage régulier, ces yeux noirs, ces cheveux frisés châtain foncé.

— André, dit le docteur Debat, je te présente mon vieux camarade de régiment, Bernard Ibarrondo qui vient s'installer comme ferronnier dans le village. Voilà sa femme Louise et leur fille Maïté qui entrera en 5e au C.E.S. en octobre. Tu l'auras comme camarade.

C'était le même nom : Maïté. André but une gorgée de café pour faire passer le pain, puis il fit ses politesses aux nouveaux venus. Il sentait peser sur lui les yeux noirs de Maïté. Elle le regardait curieusement, comme si elle le reconnaissait.

Il s'éclaircit la gorge et, davantage pour dissiper sa gêne que pour engager la conversation, il lui demanda :

— Tu connais déjà la vallée ?

— Non, il n'y a que deux jours que nous y sommes, mais il me semble que j'y ai toujours vécu.

Il n'y avait pas à se méprendre sur la voix. C'était bien le même timbre un peu rauque et grave que dans les rêves. Des questions se pressaient dans la tête d'André, mais il n'osa pas les formuler. Quand les Ibarrondo prirent congé, il remonta dans sa chambre et jusqu'au repas de midi, étendu sur son lit, il rêva à ses rêves, cherchant à comprendre ce qu'ils pouvaient signifier. Il déjeuna seul avec sa mère, le docteur étant de tournée, mais il ne lui dit rien. Femme de tête et les pieds bien sur terre, en bonne Béarnaise, Lucie avait tendance à considérer les songeries de son fils comme un trait de caractère qu'il ne convenait guère d'encourager.

André attendit le retour de son père pour les consultations de l'après-midi, mais, au dernier moment, il décida de ne pas lui parler de Maïté. Il alla le rejoindre dans le cabinet où il s'apprêtait à recevoir ses premiers clients.

— Papa, dit-il, j'ai encore rêvé, cette nuit.

— Et de qui?

— De Papa 7, Jean-Baptiste Debat.

— Ah, je commence à le connaître, celui-là ! Quant aux autres Jean-Baptiste, c'étaient des cousins issus de germains. Le plus jeune habitait l'Aoulet et sais-tu comment on le surnommait ?

— Je sais : Lassus.

Jean regarda son fils, surpris.

— Qui te l'a dit ?

Renonçant à expliquer, André donna la première réponse qui lui vint à l'esprit :

— Oh, c'est Anatole Lassus qui m'a dit que c'était une possibilité. On a gardé le nom de Debat pour ceux qui vivaient en bas, au village, et on a donné le nom de Lassus à ceux qui vivaient en haut, sur le plateau.

— C'est en effet vraisemblable. Anatole et nous sommes donc bien probablement cousins, mais pour retrouver l'ancêtre commun il faudrait au moins remonter jusqu'au XVIIe siècle. Ce n'est pas facile, car cela fait dix générations jusqu'à toi. Si jamais tu rêves de ton Papa 10, avertis-moi !

— Il s'appelait Zébédée et il a été pendu comme huguenot, dit André.

Son père écarquilla les yeux et le laissa partir sans rien dire.

4
Papa 10

ANDRÉ ne reparla pas de son rêve avec son père et, manifestement, Jean Debat évita ce sujet de conversation. La phrase que lui avait lancée son fils au sujet de Zébédée, son Papa 10, l'avait un peu effrayé. Il ignorait complètement l'existence de cet ancêtre et craignait, encore une fois, de découvrir qu'André à travers ses rêves, avait obtenu des renseignements qui se révéleraient exacts. Certes, le docteur était ouvert aux manifestations de l'inexplicable et il ne redoutait pas, le cas échéant de faire appel aux rebouteux de villages, mais tout, dans sa formation scientifique, le poussait à refuser ce qui était rationnellement impossible.

Troublé, il finit par aller à Bordeaux voir son ancien maître de la Faculté de Médecine, le professeur Raoul Friedmann, qui l'avait jadis initié à la psychiatrie.

Le vieux professeur l'écouta attentivement, puis gratta son front chauve.

— Mon cher ami, dit-il, vous me posez un problème de conscience. Qu'il y ait une mémoire génétique, c'est certain : des événements qui se sont produits il y a des générations peuvent rester inscrits dans l'héritage génétique de chaque individu. Je dois donc vous répondre que ce que vous me racontez ne sort pas des limites de l'imaginable. Mais si je dis cela, je risque de vous aiguiller sur une fausse piste. Il est tout à fait improbable et en tout cas inexplicable que ces traces lointaines soient susceptibles de provoquer des rêves aussi précis que ceux que votre fils semble avoir eus. Cela dit, il faut immédiatement que je rectifie mon propos en vous rappelant que, depuis la plus haute antiquité, il y a eu des gens qui ont prétendu avoir des souvenirs de vies antérieures, ce qui a donné lieu à la naissance du mythe de la métempsychose. Ce phénomène reste inexpliqué, mais, moi-même, j'ai traité un malade qui prétendait avoir assisté à l'exécution de Louis XVI. Les détails qu'il donnait étaient d'une précision extraordinaire. Plus tard, j'ai eu entre les mains des documents auxquels il ne pouvait avoir eu accès et qui décrivaient la scène. Tout était parfaitement exact.

— Vous parlez d'un malade. Vous croyez que le cas d'André est pathologique ?

— Oh, pas du tout ! C'est un garçon sain et normal. Si je comprends bien, il prend ses rêves pour des rêves et ne les mêle pas à la réalité ? Que demander de plus ?

Malgré tout, Jean Debat alla discrètement à Osse consulter le pasteur Larruscade qui détenait les archives de la communauté protestante du village.

— Hélas, docteur, lui dit le pasteur, nos archives ne sont vraiment complètes que depuis 1787, date à laquelle Louis XVI nous a rendu l'état-civil. Auparavant, nous étions dans une sorte de clandestinité. On ne mentionnait que rarement des noms. On pourrait sans doute trouver d'autres renseignements en fouillant dans des archives plus riches, à Pau ou à Paris, mais nous n'avons pas les moyens.

— Vous n'avez pas trace d'arrestation ou d'exécution de protestants dans la vallée sous Louis XIV, après la révocation de l'Edit de Nantes ?

Le pasteur feuilleta le mince dossier qu'il avait devant lui.

— Vous voulez parler des dragonnades ? Si, bien sûr. L'affaire la plus grave a eu lieu en avril 1690, quand Osse a été occupé par les dragons du régiment de Royal Béarn. Ils étaient à la recherche du pasteur Hébert. Les habitants de la vallée ont tenté de se révolter, mais ils ont été écrasés. Il y a eu des pendaisons, une demi-douzaine, je crois.

— Et vous n'avez pas de noms ?

— Aucun, docteur, je regrette.

Jean Debat s'en alla, pensif. 1690, cela donnait une date tout à fait acceptable pour la mort de l'arrière-grand-père de Jean-Baptiste.

De son côté, André faisait ses propres recherches. Dans l'encyclopédie de son père, il lut l'article « protestantisme » et apprit ainsi qu'en 1685, Louis XIV avait révoqué l'Edit de Nantes qui, depuis Henri IV, accordait aux protestants la liberté du culte et les droits civils. Il regarda ensuite le mot « dragonnade »et découvrit qu'avant même la révocation de l'Edit de

Nantes, Louis XIV faisait occuper les localités peuplées de protestants par des dragons qui étaient logés chez l'habitant et s'y livraient à toutes sortes d'exactions et de brutalités afin d'obtenir des abjurations sous la contrainte. Il nota qu'il y avait eu des dragonnades en Béarn.

Mais, peu à peu, il se désintéressa de l'affaire. Il n'avait pas fait de nouveaux rêves. Le ski de printemps était particulièrement bon, cette année-là, avec une neige épaisse et poudreuse. Quand il montait avec sa mère à Candanchu ou à Astun, ils emmenaient avec eux la petite Maïté Ibarrondo à qui il enseignait les premiers rudiments de la glisse. Bientôt, elle put faire la piste bleue sans tomber. Quand il regardait sa petite frimousse souriante, avec les cheveux frisés sortant de dessous le bonnet de laine, il se sentait étrangement ému.

Pendant les vacances de Pâques, quand le dégel commença, les familles Debat et Ibarrondo, accompagnées d'Anatole Lassus, montèrent faire la piste de fond de Peyranère et c'est là que l'accident se produisit. Sur une pente facile, entre les arbres, le ski gauche d'André buta contre une pierre dissimulée par une mince couche de neige. Il perdit l'équilibre et tomba en porte-à-faux contre un tronc de sapin. Quand il voulut bouger, une violente douleur vrilla sa jambe gauche. Jean était déjà là et se penchait sur son fils.

— Ne bouge pas ! Tu risquerais de te faire mal !

En même temps, d'une main experte, il tâtait la jambe.

— Une fracture ouverte du tibia, dit-il. Anatole, Bernard ! Aidez-moi à le porter jusqu'à la voiture !

Trois heures plus tard, André était dans une chambre de l'hôpital d'Oloron. Sa fracture avait été réduite et sa jambe plâtrée était accrochée à un système à contrepoids qui la maintenait suspendue.

Son père et sa mère étaient auprès de lui.

— Dans quelques semaines, tu trotteras comme un lapin, lui dit Jean. Mon ami, le docteur Bernat, t'a très bien arrangé ça. Maintenant, tâche de dormir.

— Avec la jambe en l'air, ce n'est pas très commode.

— Tu ne pourrais pas lui donner un sédatif ? demanda Lucie à son mari.

— On va faire mieux que ça, dit le docteur. L'infirmière va lui installer un goutte-à-goutte qui le fera dormir paisiblement pendant au moins dix heures.

Le rêve jaillit brutalement du sommeil profond dans lequel sombra André quelques minutes après que l'infirmière eut enfoncé l'aiguille dans la veine de son avant-bras.

Il était dans la cuisine de la maison d'Accous. C'était le soir et la pièce n'était éclairée que par le feu qui flambait dans la cheminée et une lampe à la flamme malodorante et fuligineuse posée sur une sorte de guéridon grossier au milieu de la pièce. A côté d'elle, un gros livre était ouvert.

Les poutres étaient moins enfumées et les pierres du mur sans crépi paraissaient plus neuves. Sur l'évier, il n'y avait pas de herrade, mais un simple seau de bois.

Il n'y avait pas non plus de table. André était assis sur un banc, le long du mur, à côté d'une fillette qu'il savait être sa cousine Maïté. Elle avait le visage ovale, les cheveux frisés et le regard brillant qu'il connaissait bien maintenant.

Ce devait être l'heure du repas, car, près de la cheminée, une vieille d'une soixantaine d'années — grand-mère Agar —, coiffée d'un bonnet noir, servait la soupe dans des écuelles. Chacun allait chercher la sienne à son tour.

— *Ten Samuel,* lui dit grand-mère Agar, *eth Senhor bendiga ton minjar.* Le Seigneur bénisse ton manger.

André retourna s'asseoir à côté de Maïté. Il allait commencer à manger, mais elle lui dit :

— Attends, Samuel. Grand-père Jérémie n'a pas encore dit la prière.

Le grand-père était assis sur le fauteuil de bois massif qui servait de coffre à sel. A côté de lui, sur des tabourets, André, par l'esprit de Samuel, reconnut son oncle Elias et son père Zébédée, tous deux âgés d'une trentaine d'années. Les trois hommes avaient le visage sévère, long, buriné, avec un nez mince et saillant et des sourcils épais.

Grand-père Jérémie portait une grosse moustache grise. Elias, le plus jeune des deux frères avait des pommettes hautes et un front large qui rappelaient le type basque du Barétous. Quant à Zébédée, c'était évidemment Papa 10. Il ne ressemblait pas vraiment à ses descendants : l'arête de son nez était plus proéminente et sa mâchoire plus carrée, mais l'air de famille y était. Comme son père et son frère, il portait une cotte de drap rude et sombre serrée à la taille par un gros cordon de laine.

Maman Maritchou, en bonnet blanc et jupon rouge, parut, venant du jardin et portant des bûches dans ses bras. Elle les déposa près de la cheminée et, se tournant vers Jérémie, lui dit une phrase en basque.

André ne connaissait pas le basque, mais Samuel devait le connaître, car il comprit qu'elle disait que la famille était prête à manger.

Jérémie hocha la tête et répondit en basque :

— C'est bien, Maritchou.

Samuel savait que Maritchou était sa mère et qu'elle venait du village de Lannes, dans le Barétous. C'était elle qui lui avait appris le basque dès sa première enfance.

Jérémie se leva et se dirigea vers le guéridon où était ouvert le livre. Il posa la main dessus et commença la prière que tout le monde répéta à voix haute :

— *Noste Pair qui sots enth ceu, benedit sia voste nom...*

La prière terminée, on se mit à manger en silence. André venait d'achever son écuelle de choux et de fèves quand il y eut du remue-ménage au dehors et un poing frappa violemment à la porte.

Maritchou alla ouvrir. Deux hommes entrèrent, ôtant leurs chapeaux de feutre grossier. Ils étaient, eux aussi, vêtus d'une cotte sombre.

— Le Seigneur soit avec vous et cette maison, dirent-ils l'un après l'autre.

— Le Seigneur soit avec vous, Luquet et Pelut, dit Jérémie. Apportez-vous des nouvelles ?

Pelut avait une grosse barbe noire. Ce fut lui qui répondit :

— Les dragons du Royal Béarn sont à Osse. C'est l'abbé Loustau qui leur désigne les maisons des protestants et ils y prennent leurs quartiers. Ils démolissent tout et ceux qui essaient de se regimber sont battus comme plâtre.

— Et le pasteur Hébert ?

— Il était caché chez Langlatte et il a pu s'enfuir. Il est

dans une cabane de berger au Soum de Pirait. Des hommes se rassemblent là, venus de tous les villages du vallon. Le lieutenant des dragons menace de pendre Langlatte si le pasteur ne se livre pas. Le pasteur veut se rendre, mais nos frères l'en empêchent. Ils veulent attaquer les dragons à l'aube.

— C'est de la folie ! Avec leurs épieux et leurs bâtons, ils ne tiendront pas une heure devant les soldats !

— Ils ne veulent rien entendre. La vue des uniformes du Roi les rend furieux. Ils vont se battre. Luquet et moi allons les rejoindre.

Le grand-père Jérémie lissa pensivement sa moustache.

— Nous avons tous abjuré dans cette maison, dit-il. C'est moi qui l'ai voulu pour que la paix règne dans notre vallée. Elias et Zébédée ont été baptisés, tout comme Samuel. Ma bru Maritchou est une Basquaise catholique. Nous sommes tous catholiques, maintenant.

— Sans doute, répondit Pelut, si être catholique, ça consiste à aller à la messe le dimanche et à communier le jour de Pâques, mais tu sais bien, Jérémie, que nous considérons ceux d'Osse comme nos frères. Ils ont plus de courage que nous.

— Et où cela va-t-il les mener ? Du courage, il en faut tous les jours pour vivre dans ces montagnes.

André observait le visage de Papa 10. On lisait une émotion violente sur ses traits pâles et énergiques.

— Pair, dit Zébédée, me permettez-vous de parler ?

— Parle, mon fils, et que le Seigneur t'inspire.

— Ainsi que vous le dites, *pair,* la vie est rude dans nos montagnes, mais nous les aimons. C'est notre pays. Nous avons toujours défendu ce pays contre les entreprises des rois, des princes et des seigneurs du nord. Gaston Phébus a été contraint de reconnaître et de garantir nos libertés, il y a plus de trois siècles. Le roi de France est tenu de respecter ces libertés. Aujourd'hui, il les viole sous prétexte d'hérésie. Il envoie ses troupes contre nos frères d'Osse non à cause de la religion mais par désir de nous asservir à sa loi.

Il mit la main sur la tête de Samuel.

— Mon fils Samuel qui est ici aurait honte de moi si je laissais envahir notre terre sans la défendre. Avec votre permission, pair, je vais aller rejoindre ceux d'Osse au Soum de Pirait.

Hochant la tête, Jérémie se dirigea vers le guéridon où reposait le gros livre. Il le ferma, puis l'ouvrit au hasard.

Posant son doigt sur la page, il lut lentement, traduisant au fur et à mesure le français du texte en aspois :

— « Psaume soixante-huit : Dieu se lève, ses ennemis sont dispersés et fuient devant lui. Comme la fumée est chassée par le vent tu les chasseras, comme la cire fond au feu, les méchants périront devant Dieu ».

Il y eut un long silence, puis Jérémie dit d'une voix grave.

— Que la volonté du Seigneur soit faite.

— Amen, répondit toute la maisonnée.

Seule, Maritchou se signa. Sans mot dire, Zébédée alla décrocher sa cape de bure et son bâton ferré derrière la porte. Elias fit mine de le suivre, mais Jérémie le retint.

— Il suffit, dit-il, qu'un seul de mes fils risque sa vie. Zébédée a Samuel pour lui succéder, alors que toi, Elias, tu n'as qu'une fille.

Avant de rejoindre Luquet et Pelut, Zébédée prit sa

femme Maritchou dans ses bras et l'embrassa tendrement. Quand il la relâcha, tout en récitant des prières, elle poussa Samuel vers lui. Zébédée plongea ses yeux dans ceux de son fils et André sentit que le regard de Papa 10 allait jusqu'au fond de son âme.

— Souviens toi, mon fils, dit Zébédée, que la liberté est le plus précieux et le plus sacré de tous les biens. C'est elle que je vais essayer de défendre. Si je ne reviens pas de cette aventure, obéis au grand-père Jérémie et à l'oncle Elias et n'oublie pas que c'est toi qui perpétueras notre lignée dans la maison construite il y a plus de cent ans par notre ancêtre Maître Pierre Debat. C'est la forteresse de notre famille. Prends soin de ta mère. La religion importe peu pour une âme forte et pure qui ne redoute pas le jugement du Seigneur.

Puis il se tourna vers Luquet et Pelut.

— Allons-y, mes amis. Nous serons au Soum de Pirait avant minuit.

Quand les trois hommes eurent disparu dans l'ombre, Maritchou alla s'agenouiller devant le crucifix pendu au mur et, chapelet en main, se mit à réciter des prières. La grand-mère Agar, près de l'âtre où elle entretenait machinalement le feu, priait aussi. Le grand-père Jérémie restait immobile comme une statue, carré dans son gros fauteuil de bois. Elias s'était assis sur le banc, son visage enfoui dans ses mains. Les enfants étaient tassés près du feu, contre le fauteuil du grand-père.

Saisi soudain par l'angoisse qui pesait sur la maison, Samuel se mit à pleurer. Maïté passa son bras autour de son cou et l'embrassa sur la joue. André crut sentir la douceur des lèvres de la vraie Maïté. Peu à peu, Samuel se calma et tomba dans un demi-sommeil.

Longtemps après, ce fut Jérémie qui l'éveilla en se levant. Une aube grisâtre commençait à poindre par les fenêtres. Le grand-père se dirigea vers le livre et, après avoir récité la prière du Seigneur, se mit à lire :

— « Psaume dix-huit. L'Eternel est mon rocher, ma forteresse, mon libérateur. Mon Dieu est ma force en qui je mets ma confiance. Il est mon bouclier, l'annonce de mon salut et ma haute tour... ».

Il lut ainsi tout le psaume d'une voix forte et monotone. Quand il en arriva au passage : « Les étrangers se sont enfuis et tremblent de peur dans leurs retraites cachées », un poing frappa à la porte. Maritchou alla ouvrir. C'était Pelut.

À voir son visage, tout le monde comprit aussitôt ce qu'il allait annoncer. Maritchou poussa un cri de désespoir et alla s'agenouiller devant le crucifix. Les yeux brouillés de larmes, Samuel courut se réfugier près d'elle.

— Les dragons ont levé le camp à l'aube, dit Pelut, mais, avant de partir, ils ont pendu six prisonniers parce qu'on leur avait tué un sergent.

— Zébédée ? demanda Jérémie.

— Zébédée, Luquet, le vieux Langlatte et trois autres habitants d'Osse, ils ont tous été pendus. Le pasteur Hébert a pu s'enfuir dans la montagne.

D'un coup, le chagrin monta à la gorge de Samuel. Il se mit à sangloter, la tête enfouie dans le jupon rouge de sa mère. Maïté courut à sa rencontre et, s'agenouillant auprès de lui, lui caressa les cheveux.

— Maïté..., balbutia-t-il, Maïté...

André ouvrit les yeux. Le visage de Maïté était penché sur le sien et elle lui caressait les cheveux. Quand elle vit qu'il avait repris connaissance, elle sourit.

— Maïté... répéta-t-il.

— Ce devait être rudement fort, ce qu'ils t'avaient mis dans ton goutte-à-goutte, dit-elle. Tu as dormi onze heures d'affilée. J'espère que tu as fait de beaux rêves !

— J'ai rêvé, oui, mais ce que j'ai vu était plutôt triste. Et tu étais dans mon rêve, Maïté.

— Moi ? Et qu'est-ce que j'y faisais ?

— Cette fois, tu étais ma cousine germaine.

— Cette fois ? Tu as donc déjà rêvé de moi ?

— Souvent, même avant de te connaître.

Elle lui lança un regard mi-coquet, mi-perplexe et parla d'autre chose.

Quand son père vint le voir, André lui dit :

— Papa, j'ai encore rêvé.

— De qui cette fois ?

— De Papa 10.

— Zébédée ?

— Oui, il a bien été pendu par les dragons du Roi. Ils étaient à Osse.

— Qu'est-ce qu'ils y faisaient ?

— Ils obligeaient les protestants à abjurer et ils recherchaient le pasteur...

— Le pasteur Hébert ?

— Oui, Hébert, c'est ça. Comment le sais-tu ?

— C'est à toi que je devrais le demander. Moi, c'est le pasteur Larruscade qui me l'a dit. Comment était-il, Zébédée, dans ton rêve ?

— Plus petit que toi, le visage plus carré, mais il avait le nez de la famille.

— Il doit venir de loin, ce nez-là ! Tu as des chances de le retrouver si tu fais d'autres voyages dans le temps !

5
Papa 20

DANS le courant de l'été, le docteur Debat se désintéressa peu à peu de la généalogie et fut pris par la passion de l'informatique. Cela lui vint quand il constata que ses registres noirs maintenant au nombre de douze, finissaient par des pages gribouillées pleines de points d'interrogation. C'est Anatole Lassus qui lui conseilla de mettre toutes ses données sur ordinateur afin d'en débrouiller les fils. Pour remplacer le mini-ordinateur dont il se servait jusque là, il lui procura un Apple II d'occasion chez le fournisseur de son laboratoire et lui montra comment s'en servir.

Dès lors, le docteur n'eut plus en tête que de fabriquer des logiciels. Quand il en eut fini avec ses registres, il mit en mémoire tous ses clients et la plupart des remèdes qu'il leur prescrivait. Ensuite, il s'attaqua à la météorologie de la vallée, cherchant à prévoir les orages, les chutes de neige, les avalanches, les poussées de cèpes et tous les incidents qui émaillaient la vie d'un montagnard.

André s'intéressait au travail de son père, bien qu'il regrettât un peu qu'il eût délaissé l'histoire de la famille. L'ordinateur était un beau jouet et le docteur laissait son fils pianoter sur lui avec Maïté. La nouvelle génération mordait à l'informatique plus facilement encore que l'ancienne.

Maïté, en particulier, montrait des dispositions extraordinaires pour le maniement de la machine. André et elle fabriquaient des logiciels pour faire d'interminables parties de bataille navale, de morpion ou d'envahisseurs spatiaux.

Quelquefois, quand le docteur n'était pas là, ils mettaient les disquettes de la généalogie et s'amusaient à remonter de génération en génération. André avait raconté ses rêves à Maïté dont la curiosité était d'autant plus éveillée .

— Tu es sûr qu'on ne peut pas remonter plus haut ? demandait-elle.

— On identifie bien Pèir Debat qui est mon Papa 13. Il a dû naître vers le milieu du XVIe siècle : quand il a fait construire la maison d'Accous en 1585, ce devait être un personnage important dans la vallée puisqu'on l'appelait Meste, mais on n'a à peu près aucun renseignement sur ses origines. Il n'y a aucun acte de naissance, ni aucune mention sur les registres paroissiaux, ce qui n'est pas surprenant si la famille était protestante. Il y a tout juste un acte de vente de terre qui le donne comme natif de Sent Christau.

— À la chapelle ?

— Oui, il y avait un petit hameau à cette époque, là-haut. Il a disparu maintenant.

Maïté réfléchissait.

— Ce ne devait pas être bien grand : deux ou trois bordes probablement. Au plus, il ne devait pas y avoir là plus de quatre ou cinq familles.

— Oui, mais comment s'appelaient-elles ? Le nom de Debat a dû être donné à Meste Pèir quand il est descendu s'installer à Accous.

— On m'a dit que dans le grenier de la mairie, il y avait une masse de vieux papiers et parchemins qui n'ont jamais été triés.

— Il faudrait un savant pour les lire. Mon père y a renoncé. Il dit que c'est écrit en vieux gascon et même quelquefois en basque et que les écritures sont très difficiles à déchiffrer.

— On doit pouvoir lire les noms. Il y a certainement des allusions à Sent Christau dans tous ces grimoires. Il suffirait de les repérer et de chercher tous les noms propres, toutes les dates qui y sont associées. Ça nous donnerait une idée de la population du hameau. Et même, il y a certainement des bouts de phrase qu'on doit pouvoir lire. En les mettant bout à bout, on arriverait peut-être à tirer quelque chose de tout ça !

— Ça nous prendra des siècles !

Elle montra l'ordinateur du doigt.

— Pas à lui. Il suffit de le programmer correctement et de lui mettre en mémoire tout ce que nous trouverons.

— Rien que pour le trouver, ce sera un sacré boulot ! Il y a au moins une tonne de documents !

Ce fut un sacré boulot. Heureusement, le prof d'Histoire du C.E.S. à qui ils parlèrent de leur idée, s'intéressa au projet.

— On peut voir ça comme une activité dirigée, dit-il. Ça ne fera pas de mal de mettre un peu d'ordre dans ces archives et vous y apprendrez peut-être quelque chose sur l'histoire locale.

Pendant tout le premier trimestre, alors que les estivants étaient partis et que les premières neiges n'étaient pas encore tombées, les classes de 5e et de 4e du C.E.S. furent mobilisées pour trier et dépouiller les vieux documents. Le maire Jean Rouglan ne fit aucune difficulté pour laisser au professeur la clef du grenier de la mairie.

On s'aperçut vite qu'il y avait de nombreuses allusions à Sent Christau et à ses trois fontaines miraculeuses qui, disait la tradition, rendaient la vue aux aveugles. La plupart des documents étaient des chartes, des arrêts, des ordonnances, des contrats et il était très difficile de comprendre leur contenu, mais, comme l'avait prévu Maïté, il était possible de repérer les noms de personnes ou de lieux et les dates. Elle les notait soigneusement, ainsi que les fragments de phrase ou les mots isolés que le professeur arrivait à déchiffrer. Chaque soir, André et elle passaient une heure à coder ces informations et à les introduire dans la mémoire de l'ordinateur.

Le jour vint, un peu avant Noël, où le dernier feuillet de la dernière liasse eut été examiné. Les élèves des deux classes étaient tassés dans le bureau du docteur Debat devant l'Apple.

— La première chose à savoir, dit André, c'est quel est le nom de personne qui revient le plus souvent à propos de Sent Christau.

Il tapa : « PRINT NOM PERS FREQ MAX RETURN ».

L'ordinateur bourdonna quelques secondes, puis un nom s'inscrivit en vert sur l'écran : « ZAGO ».

— Je connais un Zago à Lhers ! s'écria un garçon.

— Et moi un autre à Lescun ! renchérit une fille.

— Reste à savoir, dit le professeur, s'il s'agit d'un seul personnage ou de plusieurs. Tu devrais essayer de cadrer les dates entre lesquelles ce nom apparaît.

— Facile, répondit André.

Il pianota sur le clavier et aussitôt l'ordinateur répondit : « DATE >1380 <1391 MED 1387 ».

— 1387 ! s'écria André. Il s'agit bien d'un seul personnage qui a fait parler de lui entre 1380 et 1391 et particulièrement en 1387. En admettant qu'il ait eu trente ou quarante ans à ce moment-là, il pourrait s'agir de l'arrière-grand-père de l'arrière-grand-père de Pèir Debat qui a dû naître vers 1550.

— Ça ferait quel numéro de Papa ? demanda Maïté.

André compta sur ses doigts.

— Ce serait Papa 20.

— Reste à savoir, dit le professeur, ce que nous avons comme autres renseignements sur ce Zago. Tu peux faire apparaître les mots et les bouts de phrase qui sont à proximité de son nom ?

—Je vais le passer sur l'imprimante, ce sera plus clair, dit André en tapotant sur le clavier.

Cette fois, l'ordinateur prit son temps, puis l'imprimante se mit à crépiter. Maïté lisait à haute voix les mots qui apparaissaient sur la feuille à mesure qu'elle se déroulait :

— « *AULHAS ISEYE ESTIBAS GABAS ACCOS SAUT CAP DETH AULHERS MATACHOT...* ». C'est un peu confus.

— Non ! s'écria André. Matachot est le vieux nom du quartier où est la maison des Debat à Accous. Zago devait avoir un terrain là, ce qui explique que ses descendants y aient fait construire.

— En tout cas, dit Maïté, c'était un berger : *aulhas*, ce sont les brebis.

— Il était même chef des bergers : *cap deths aulhers !*

— Ce qui m'intéresse, dit le prof d'histoire, c'est le saut. Tu es sûr d'avoir bien lu, André ?

— Il y avait bien saut, mais *saut*, en béarnais, ça veut aussi dire cascade.

— Dans ce cas précis, je ne crois pas. Ce qui me le fait dire, ce sont les mots Iseye, *estibas* et Gabas. Il y a une vieille légende dans la vallée selon laquelle les bergers d'Accous auraient gagné sur ceux de Gabas, en vallée d'Ossau, le privilège d'utiliser les pacages du col d'Iseye à la suite d'un concours de saut en longueur. Ton Zago est peut-être l'homme qui a gagné ce concours.

Le professeur en profita pour faire un petit cours d'histoire locale dans les jours qui précédèrent les vacances de Noël.

— En 1387, dit-il, c'était en pleine guerre de Cent Ans. Le suzerain de notre vallée était Gaston Phébus, comte de Foix. C'était un homme assez extraordinaire, violent au point qu'il tua son propre fils dans un accès de colère, mais habile politique. Pendant tout son règne, il réussit à louvoyer entre le roi de France et le roi d'Angleterre.

Nous lui devons la liberté de nos vallées pyrénéennes qui sont restées en dehors du conflit. La nôtre était particulièrement florissante, non seulement à cause de l'élevage du mouton, mais parce que, grâce au col du Somport, c'était une des principales routes que suivaient les pèlerins se rendant à Saint-Jacques-de-Compostelle. Ils venaient de toute l'Europe. Ils étaient accueillis au couvent de Sarrance qui existe encore et dans une maison d'hôtes qui a complètement disparu, à Peyranère. Beaucoup devaient s'arrêter aux fontaines miraculeuses de Sent Christau. Vous connaissez nos montagnards : on s'arrangeait pour leur soutirer le plus d'argent possible et les gens de Lescun ne se gênaient pas pour descendre les détrousser.

— Et *estibas,* qu'est-ce que ça veut dire ? demanda un garçon.

— Ça existe encore. Les estives sont les pacages d'été en haute montagne. Les bergers se les sont toujours disputées. Souvent, il y avait des bagarres et même des batailles rangées. Quelquefois, il y avait des accords. Encore maintenant, le 13 juillet, les maires de la vallée du Roncal, en Espagne, et ceux de la vallée du Barétous viennent à la pierre Saint-Martin jurer sur la borne frontière fidélité à un accord qui date de plusieurs siècles. Il y a des municipalités de la vallée de Jaca qui paient tous les ans un tribut à celles de la vallée d'Aspe pour permettre aux bergers aragonais de venir faire paître leurs troupeaux du côté français entre le lever et le coucher du soleil. C'est un accord de ce genre qui permet aux bergers d'Accous d'utiliser les estives du col d'Iseye. Vous connaissez tous Candelon, le berger d'Iseye : si la légende est vraie, il doit de pouvoir faire monter ses brebis là de mai à septembre au lointain ancêtre qui a sauté plus loin que les bergers d'Ossau. C'était peut-être ton Zago, André.

L'avant-veille de Noël, le docteur Debat, Lassus et Ibarrondo décidèrent de monter au pic d'Anie par la face est malgré la neige qui avait commencé à tomber en abondance. Au dernier moment, sur ses instances, ils acceptèrent d'emmener André avec eux. Les skis garnis de peaux de phoque, ils attaquèrent la montagne avant le jour par le bois de Larrangus. La montée fut longue et difficile, mais, un peu après midi, ils atteignirent le sommet. Il faisait grand soleil, mais le froid était très vif. Lassus jeta un coup d'œil vers les gros nuages gris qui s'accumulaient à l'ouest et dit :

— C'est la neige qui arrive. Il faut redescendre tout de suite si nous ne voulons pas être coincés.

Ils prirent par le pas d'Arzun et c'est à mi-pente que la tempête les rattrapa. A travers des rafales soufflant à plus de cinquante à l'heure et charriant des flocons de neige gros comme des balles de ping-pong, ils mirent plusieurs heures à gagner un repli de terrain à l'abri d'un gros rocher et décidèrent d'y bivouaquer. Ils n'avaient pas emporté de tentes et s'emmitouflèrent comme ils purent dans leurs anoraks. Ce fut une nuit inconfortable et terrifiante. Le vent hurlait de manière démente et il fallait sans arrêt qu'un des hommes déblayât la neige qui s'accumulait sur eux. André songea à la vieille légende aspoise selon laquelle le pic d'Anie est la demeure du diable et l'endroit où se rencontrent les sorciers pour leur sabbat.

À l'aube, la tempête s'était calmée, mais un épais tapis de neige molle dissimulait les contours du paysage et un brouillard opaque montait de la vallée. C'est seulement passé midi qu'ils rencontrèrent la colonne de secours lancée à leur recherche du refuge de Laberrouat.

Deux heures plus tard, André, complètement épuisé, était dans son lit à Bedous. A peine eut-il bu la tisane que lui apporta sa mère qu'il sombra dans un profond sommeil. Et c'est au fond de ce sommeil que le rêve commença.

Il était devant la porte d'une cabane de bois couverte de chaume. Ce devait être l'automne, car les arbres touffus qui l'environnaient avaient des teintes d'or pâle et l'air était tiède. Devant lui, accroupie devant un brasero, une femme préparait une sorte de polenta odorante. Il sut que c'était sa mère Iria et qu'il était lui-même Jon, fils de Zago.

À quelque distance sur la droite, il reconnut la chapelle de Sent Christau dépouillée de sa façade et réduite à une simple nef rustique au bout de laquelle, là où devait se trouver plus tard une sorte de petit presbytère, se nichait une loge grossière faite de blocs de rocher. C'était là que vivait Dom Kepa, le saint ermite gardien des fontaines miraculeuses. Elles jaillissaient à quelques pas, à flanc de rocher. C'étaient trois têtes de lion rudement sculptées qui crachaient l'eau. Des trois il n'en restait qu'une du temps d'André et elle était tarie.

En avançant de quelques pas, il reconnaissait le paysage familier du plateau d'Aoulet, avec, en contrebas, le site d'Accous dominé par la silhouette ronde du Pouey couvert de fougères, mais en haut duquel ne se dressait pas encore de croix. Accous lui-même paraissait à peine exister. Là où, plus tard, s'étageraient les toits d'ardoise, on ne voyait que quelques chaumières éparses à flanc de montagne. La route goudronnée qui montait à Sent Christau n'était qu'un sentier étroit. Par contre, la piste qui, du temps d'André, venait de la basse vallée par Jouers au flanc du Bergout, était un large chemin qui semblait fréquenté. En ce moment même, un groupe de quatre ou cinq pèlerins y cheminait. On distinguait leurs chapeaux de feutre à larges bords, constellés de coquilles Saint-Jacques, leurs longues cannes où était accrochée une gourde et leurs manteaux amples de bure sombre. Ils abordaient le dernier raidillon quand une bande de nains difformes escalada la pente pour leur barrer la route et exiger l'aumône avec des voix de crécelles.

— Des cagots de Bedous, dit Iria d'un ton de mépris en observant la scène. Jon, va prévenir Dom Kepa.

Elle parlait une langue qui ressemblait au basque de la Soule. Par les oreilles de Jon, André comprit et courut jusqu'à la loge de l'ermite.

Alerté, le vieil homme se leva et, sa longue barbe au vent, s'avança sur le chemin en brandissant un bâton noueux et en criant des anathèmes aux nains qui détalèrent et disparurent dans les fourrés en direction de Bedous.

Les pèlerins arrivèrent à l'ermitage et l'un d'entre eux s'adressa à Dom Kepa dans une langue que l'on comprenait mal, mais qu'André reconnut pour être le latin déformé qui devait servir de langue de communication aux pèlerins, souvent venus de pays très divers.

— Ceux-là étaient des Flamands, dit Dom Kepa à Jon après que les pèlerins, ayant pieusement baigné leurs yeux aux trois fontaines, eurent repris leur route vers le haut de la vallée. Ils n'avaient jamais vu de cagots.

Jon connaissait bien ces nains au visage carré, aux yeux profondément enfoncés sous des arcades sourcilières saillantes et à l'expression stupide. Ils vivaient à part, dans un quartier du village de Bedous et n'avaient le droit d'entrer à l'église que par une petite porte latérale, à leur taille. Ils étaient méprisés de tout le monde, mais les prêtres les gardaient sous leur protection. C'est pourquoi on les appelaient parfois des *chrestias*.

Il fut détourné de ses pensées par une rumeur sur le sentier qui descendait du col d'Iseye. Maïté parut, courant dans un grand froufroutement de jupons. Elle était plus âgée que lui, presque une jeune fille d'une ravissante beauté.

— Zago a gagné ! cria-t-elle du plus loin qu'elle vit Jon.

L'instant d'après, elle le saisit par les épaules et lui plaqua deux baisers sur les joues, puis elle se jeta dans les bras d'Iria qui riait.

Derrière elle, des jeunes gens arrivaient, sautant de pierre en pierre et poussant des cris de triomphe. Ils étaient suivis par une petite foule de femmes et d'hommes qui acclamaient Zago, porté sur les épaules. Il était vêtu comme les autres bergers d'une cuculle de drap brun dont le capuchon était rabattu sur le dos.

André ne put réprimer un cri d'étonnement :

Zago était, moustache comprise, le vivant portrait de son père, mais en plus petit et en plus maigre. Le visage épanoui, il agitait les bras en signe de victoire.

Derrière le groupe des bergers qui portaient Zago en triomphe, venait, suant et soufflant un gros petit bonhomme vêtu d'une longue robe de drap marron serrée à la taille par une ceinture dorée et coiffé d'un bonnet orange de forme compliquée, dont un des pans retombait sur son épaule. Malgré sa hâte et la difficulté qu'il avait à poser ses longues chaussures pointues entre les cailloux du chemin, il cherchait à garder une allure digne et compassée.

Quand les bergers eurent déposé Zago à terre devant l'ermitage, il s'avança en s'épongeant le front. Après avoir repris haleine et bu une gorgée de la gourde qu'on lui tendit, il tira un parchemin de son vêtement et se mit à lire. Le document était rédigé dans la langue romane qu'on employait pour les actes officiels. André reconnut une forme archaïque du béarnais de la vallée, mêlée de latin.

— Nous, dit le petit bonhomme, Maître Jacques Soubabère, bailli des vallées du Barétous, d'Aspe et d'Ossau, parlant et agissant au nom de sa très haute et très puissante Seigneurie Gaston Phébus, comte de Foix, vicomte du Béarn, lieutenant général du Languedoc et seigneur des vallées, déclare que ce jour treizième du mois d'octobre de l'an de grâce mille trois cent quatre vingt sept, nous sommes transportés au col d'Iseye pour assister au concours organisé d'un commun accord par les bergers de Gabas en vallée d'Ossau et d'Accous en vallée d'Aspe, étant entendu et convenu entre les deux parties que le village dont un des bergers sauterait plus loin que tous les autres, recevrait le privilège du droit de pacage sur les estives du col d'Iseye. Le terrain ayant été délimité, marqué et mesuré par nos assesseurs et dûment vérifié par nos soins, avons noté que le berger Sousou du village de Gabas avait, à la troisième tentative, fait un saut de dix neuf pieds onze pouces, alors que le berger

Zago du village d'Accous, avait fait un saut de vingt pieds deux pouces, avons en conséquence de quoi déclaré ce dernier vainqueur. Comme convenu entre les parties, déclarons et proclamons au nom de sa très haute et très puissante Seigneurie Gaston Phébus, comte de Foix, vicomte du Béarn, lieutenant général du Languedoc et suzerain des vallées que le droit imprescriptible de pacage sur les estives du col d'Iseye revient au village d'Accous. En foi de quoi, avons dressé le présent acte qui sera déposé aux archives de la vicomté du Béarn, sur lequel le syndic de Gabas et le maire-curé d'Accous ont apposé leurs marques et qui a été contresigné par les viguiers des vallées d'Aspe et d'Ossau pour ce que lui donne valeur de loi permanente et intangible.

Un hourra général salua la fin de la lecture. Se dégageant de la foule de ses admirateurs, Zago alla embrasser Iria, puis il passa la main dans les cheveux de Jon.

— J'ai sauté pour toi, fils. Tes moutons et ceux de tes descendants seront bien nourris.

Déjà, on choisissait deux ou trois brebis grasses pour le banquet.

— Viens m'aider à préparer le feu, Jon, dit Maïté.

Tandis qu'il entassait les fagots sous les broches de bois, André jeta un coup d'œil de côté à la jeune fille radieuse et son cœur battit plus vite.

— Maïté, lui souffla-t-il, quand je serai grand, je me marierai avec toi.

Elle rit, révélant des dents blanches et fines, puis posa un baiser dans le cou de Jon.

— Il faudra en reparler dans quelques années, *mutiko*

dit-elle, mais si je ne suis pas trop enlaidie et que je te plais encore, pourquoi pas ?

— C'est vrai, Maïté ?

— Il n'y a pas de fille qui ne serait fière d'épouser le fils de Zago !

Le banquet dura longtemps. On fit circuler des outres de vin de Navarre et la conversation s'échauffa.

S'enhardissant, des cagots étaient montés de Bedous et observaient la scène à distance. De temps en temps, on leur lançait un os à demi-rongé qu'ils se disputaient comme des chiens, mais Dom Kepa s'opposa fermement à ce qu'on leur donnât du vin.

— Mais, aïta, s'écria Zago, ils peuvent se réjouir eux aussi ! Nous allons pouvoir doubler ou tripler nos troupeaux et si la vallée prospère, ils en profiteront !

— Sans doute, Zago, mais tu sais très bien que le vin les rend fous. S'ils passent les limites, ils vont se faire rosser comme c'est arrivé trop souvent. Tes amis et toi oubliez facilement que ce sont des créatures de Dieu, des chrétiens et que l'Eglise les protège.

— Qui parle de rosser, *aïta* ? Après tout, c'est ma fête. J'ai gagné le concours.

— Tu l'as gagné grâce au Seigneur qui t'a donné des membres déliés et des muscles solides. C'est Sa fête à Lui et c'est Lui que tu dois remercier. Nous avons assez bu et mangé. Allons célébrer une action de grâce. Jon, Maïté, venez sonner la cloche.

La petite cloche de l'ermitage, sous le branle que lui imprimaient les deux suspendus à la corde, se mit à tinter sur un ton suraigu, de plus en plus strident.

Lucie arrêta le réveil.

— Tu as dormi vingt heures, dit-elle à André. J'ai pensé que cela suffisait et que tu voudrais réveillonner avec nous. J'ai préparé du civet d'isard aux cèpes.

Du coup, André se sentit de l'appétit. Il se leva, prit une douche, s'habilla prestement et descendit dans la salle à manger.

Il était huit heures du soir et Lucie rangeait des paquets autour de l'arbre de Noël.

Les Ibarrondo arrivèrent les premiers. Maïté embrassa André, puis, d'un air mystérieux, le tira dans un coin.

— J'ai rêvé de Zago, dit-elle.

— Moi aussi.

Ils se regardèrent, un peu effrayés.

— Il y avait l'ermite Dom Kepa dans ton rêve ? demanda André.

— Oui, et aussi le bailli Subercase.

— Dans mon rêve, il s'appelait Soubabère. Et tu y étais aussi. Tu étais un peu plus âgée que moi.

— Dans mon rêve à moi, c'est toi qui étais le plus âgé.

— Tu te souviens quand nous avons allumé le feu sous les broches ?

— Oui. Tu m'as dit que tu voulais te marier avec moi.

— Et tu m'as répondu qu'il n'y avait pas de fille qui ne serait fière d'épouser le fils de Zago. Je ne suis pas le fils de Zago, mais celui de Jean Debat.

— Tu es le descendant de Zago. Ce que j'ai dit, je le pensais.

— Et tu le penses encore maintenant ?

Elle leva vers lui ses yeux profonds.

— Je le pense encore.

Pendant tout le repas, ils se tinrent la main sous la

table. Anatole Lassus était arrivé en retard. Il était en train de savourer son filet d'isard enrobé de sauce savoureuse quand André lui demanda soudain :

— Oncle Anatole, qu'est-ce que c'était que les cagots ?

Lassus leva au ciel sa fourchette et son couteau.

— Mon garçon, c'est la colle la plus difficile que tu puisses poser à un anthropologue. Pour parler très grossièrement, les cagots sont une sorte de race de parias qui vivait dans le sud-ouest de la France, en Béarn surtout, mais jusqu'à la Garonne. Il y a eu des races de parias avec des noms divers dans toutes les régions de France et dans tous les pays, mais les cagots du Béarn étaient un cas particulier. On les identifie dès le Xè siècle, mais ils devaient exister bien avant. J'ai connu le dernier cagot pur, pour ainsi dire. Il est mort à Oloron en 1956.

— Comment étaient-ils ?

— C'étaient des nains au faciès très typé, avec des yeux sombres profondément enfoncés dans les orbites, un grand front et un visage plutôt carré, mais sans pommettes. Malgré les préjugés à leur égard, ce n'étaient pas du tout des crétins et certains étaient même fort intelligents et habiles.

— Mais d'où venaient-ils ?

— C'est ça le mystère. A l'heure actuelle, on admet assez couramment que c'étaient des descendants de lépreux. C'était une maladie assez répandue et très redoutée au Moyen-Age.

— À cette époque, dit Jean Debat, on appelait lèpre toutes les dermatoses un peu spectaculaires, de l'érythème au psoriasis. Il y a eu des cas de vraie lèpre après le passage des Sarrazins et surtout au moment des Croisades, mais ceux qu'on appelait les « lépreux blancs » n'étaient pas de vrais lépreux. Il y avait une léproserie à Bedous, mais je suis certain que la plupart des gens qui s'y trouvaient étaient simplement atteints de la pellagre qui est une avitaminose.

— C'est à cause de la léproserie qu'on appelle les gens de Bedous les *cagots* dans la vallée ? demanda André.

— Peut-être, répondit Lassus, mais peut-être aussi parce que c'est là que s'étaient réfugiés les descendants des envahisseurs qui se sont succédés dans la vallée, les Sarrazins au VIIIè siècle et surtout les Wisigoths au Vè.

— Les Wisigoths ? Je croyais que c'étaient de grands Germains blonds.

— Ils ont dégénéré en restant isolés, dit Jean Debat. Rappelle-toi ce que je t'ai dit sur la consanguinité.

— C'est ce que les patriotes béarnais prétendent, en tout cas, dit Lassus. Cagot serait une contraction de *can de got,* chien de Goth. Mais je ne suis pas du tout convaincu par cette étymologie. Sans doute y a-t-il eu chez les cagots des mélanges de lépreux, de Sarrazins, de Wisigoths et de proscrits de tous genres, y compris peut-être des protestants, mais, pour moi, les cagots sont, au départ une très vieille race qui était là bien avant l'arrivée des hommes de Cro-Magnon que nous sommes. C'étaient peut-être des Néanderthaliens.

— Et pourquoi ont-ils disparu ?

— Comme disparaissent toutes les races, en dégénérant quand la ségrégation les oblige à rester pures ou en se fondant dans la population. Il y a encore des gens qui sont des descendants de cagots et qui en sont fiers. Consulte ton Minitel : tu verras qu'il y a vingt familles dans les Pyrénées-Atlantiques et plus de trente en Gironde qui portent le nom de Chrestia, ce qui est un nom cagot typique. Ils y tiennent tellement qu'ils l'ont souvent gardé accolé à leur patronyme.

— Ma grand-mère était une Chrestia de Navarrenx, dit Louis Ibarrondo. Maïté a un peu le type.

Surpris, André regarda sa camarade. Rien, dans son fin visage ne rappelait l'expression stupide et presque bestiale des cagots de son rêve, mais, à y bien regarder, il reconnut la profondeur du regard, soulignée par une arcade sourcilière délicatement saillante et garnie de sourcils touffus. Le front lisse et large était bombé et les pommettes peu marquées.

C'étaient bien là les traits de la Maïté de ses rêves, mais il s'apercevait soudain qu'ils étaient assez différents de ceux des femmes de la vallée, de sa mère, par exemple. Sous les cheveux frisés, typiquement béarnais, la beauté de Maïté avait une séduction étrange, presque exotique.

6
Papa 50

PLUS d'un an s'écoula sans qu'il fût de nouveau question de généalogie dans la famille Debat. En octobre, André entra en 3e et Maïté en 4e. C'est au mois de mai suivant qu'un professeur de l'Université de Pau vint donner une conférence à la salle des fêtes d'Accous.

Maïté et André avaient obtenu de leurs parents l'autorisation d'assister à cette causerie surtout parce que cela leur donnait une excuse pour aller flâner sur les marches de la mairie d'Accous où la jeunesse de la vallée avait l'habitude de se retrouver. La plupart des jeunes gens qu'on rencontrait là étaient plus âgés qu'eux, mais c'était une occasion d'entendre parler rock, football, fast-food et télé en même temps que de se tenir au courant des derniers ragots qui couraient du Somport à Sarrance. Il y avait même là un grand barbu maigre du nom de

Lucien qui était un militant écologiste et un ardent défenseur de la langue occitane. On se moquait un peu de lui, car, originaire de Bordeaux, il n'avait jamais pu arriver à parler correctement le gascon de la vallée.

C'est lui qui rappela à André et à Maïté qu'il était temps de se rendre à la salle des fêtes où la conférence aurait dû commencer depuis une demi-heure.

— De quoi va-t-il parler ? demanda André.

— De la vallée d'Aspe comme route d'invasion. C'est important. On n'en sait jamais assez long sur le passé de son pays.

Il n'y avait qu'une douzaine de personnes dans la salle. Le conférencier était un homme d'une soixantaine d'années au visage rond. Pensivement, il essuyait les verres de ses lunettes et regardait d'un œil myope son maigre auditoire. Il eut l'air satisfait quand il vit entrer les trois jeunes gens.

— Eh bien, dit-il, je pense que nous pouvons commencer. Je ne remonterai pas à la préhistoire, mais il est certain que cette vallée a la particularité d'offrir des passages assez faciles vers l'Espagne. Ces passages ont dû être utilisés par les Ibères dans un sens et par les Celtes dans l'autre. Ce qui est certain, c'est que lorsque le général romain Crassus a conquis l'Aquitaine pour le compte de César, son premier soin a été de mettre une garnison à Oloron qui s'appelait alors Iluro, au débouché de la vallée, afin d'assurer les liaisons avec l'Hispanie, déjà conquise. La légende selon laquelle César serait lui-même venu en vallée d'Aspe paraît complètement fausse. Elle repose sur la découverte d'une pierre dont l'inscription est à peu près illisible et qui prouve tout au plus que les Romains sont passés là. Il se peut que certains s'y soient fixés de manière permanente. On n'en peut dire autant des Vandales et des Suèves qui ont envahi la Gaule au Ve siècle et sont certainement passés par le col de Roncevaux et le Somport, les uns pour gagner l'Andalousie, les autres la côte cantabrique et, en particulier la Galice. C'étaient des pillards nomades qui ne s'attardaient guère plus de quelques semaines ou quelques mois dans un même lieu. Quand le pays était épuisé, ils partaient piller un peu plus loin. Il n'en fut pas de même des Wisigoths qui arrivèrent un demi-siècle plus tard.

Le nom des Wisigoths attira tout de suite l'attention de Maïté et d'André. Lassus avait fait mention d'eux à propos des cagots. D'après ce que disait le conférencier, ils étaient restés dans le pays un ou deux siècles, jusqu'à ce que les Francs de Clovis les refoulent en Espagne.

Tout le reste de la conférence, André écouta vaguement, songeant à ces barbares germains qui devaient avoir fait souche dans le pays et dont l'un d'entre eux, calcula-t-il, était peut être son Papa 50.

Le conférencier s'étendit longuement sur les campagnes napoléoniennes et termina sur la guerre civile espagnole. Comme il rangeait ses papiers, Maïté et André se dirigèrent vers la table.

— Pardon, monsieur, demanda André, ces Wisigoths dont vous avez parlé, ils venaient d'Allemagne ?

— Pas exactement. C'étaient bien des Germains, mais, avant d'envahir l'Europe occidentale, ils vivaient du côté de ce qui est maintenant l'Ukraine. Nous ne savons pas grand-chose sur eux à cette époque. Au IIIe siècle, sous la poussée des Huns, venus d'Asie, le peuple goth s'est divisé en deux : les Ostrogoths qui ont surtout occupé les

Balkans et les Wisigoths qui ont envahi le nord de la Grèce, puis l'Italie et enfin la Gaule et l'Espagne où ils ont dominé plusieurs siècles : il y a beaucoup de blonds aux yeux bleus en Navarre et en Aragon.

— Mais quand étaient-ils ici ?

— Oh, surtout entre 410 et 510. Les rois Athaulf, Alaric, Théodoric, Thorismond, Euric, avaient leur capitale à Bordeaux ou à Toulouse.

André faisait des calculs de tête.

— Cela correspondrait bien à Papa 50, murmura-t-il à Maïté.

— Plaît-il ? demanda le professeur.

— Oh rien, c'est une idée qui me venait. Et pourquoi sont-ils partis ?

— Eh bien, il y a eu les Francs qui les ont vaincus à Vouillé, naturellement, mais surtout la population leur était hostile sous l'influence du clergé. C'étaient des hérétiques, voyez-vous.

— Ils étaient sauvages ? demanda Maïté.

— Oh, que non ! En deux siècles de voyages à travers l'empire romain, ils étaient complètement romanisés et christianisés, ce qui n'était pas le cas de tous les autres Barbares. Malheureusement, ils étaient partisans des idées d'un certain Arius, prêtre d'Alexandrie, qui vivait au IVe siècle et niait l'existence de la Sainte Trinité. Vous savez ce que c'est ?

— Vaguement, dit André.

— Le Père, le Fils et le Saint Esprit, c'est ça ? demanda Maïté.

— Exactement : aux conciles de Nicée et de Constantinople, l'Eglise avait décidé que les trois ne formaient qu'un seul Dieu, à égalité. Arius, lui, prétendait que le

Fils est inférieur au Père et le Saint Esprit inférieur au Fils. L'arianisme a eu beaucoup de succès parmi les Barbares, mais ça les a empêché de s'implanter.

— Une bêtise comme ça ? s'étonna André.

— A l'époque, ce n'était pas une bêtise. Le clergé tenait à son autorité sur les populations. C'est tout ce qui restait de l'ancien empire romain pour se maintenir à peu près debout devant les invasions.

— Les Wisigoths n'ont laissé aucune trace dans la vallée ?

— Aucune visible en tout cas. Peut-être trouverait-on quelque chose si l'on étudiait les types humains. Les tribus anciennes réfugiées dans la montagne qui sont devenues les Basques et qui étaient catholiques orthodoxes, ont été probablement moins métissées que les populations des vallées. C'est de cette époque que doit dater la séparation des peuples vascons entre les Basques et ceux qu'on appelle maintenant les Béarnais ou les Gascons.

Lucien qui s'était approché, intervint.

— D'après vous, professeur, c'est après le passage des Wisigoths que le pays serait devenu occitan ?

— Occitan, c'est beaucoup dire, mais il est probable, en effet que les Wisigoths parlaient un latin populaire qui ressemblait à celui qui était en usage dans le sud de la Gaule.

Dans la nuit, Lucien, Maïté et André parcoururent d'un bon pas les deux kilomètres qui séparent Accous de Bedous. Le bar du Salamoun était encore ouvert. Lucien invita ses amis à venir y prendre le verre de l'amitié. Il débordait d'enthousiasme.

— Tout Germains qu'ils fussent, disait-il, les Wisigoths sont le fondement de l'identité occitane. Ils ont été à Narbonne, à Toulouse, à Bordeaux, ici... Les vrais envahisseurs, ce sont les Francs !

Le patron du Salamoun venait de recevoir du Jurançon de l'année. Lucien proposa de porter un toast à l'Occitanie. Bien entendu, il fallut en porter un au Béarn, à la vallée d'Aspe, à Henri IV, aux Wisigoths...

Maïté et André n'avaient pas l'habitude de boire. Ils étaient passablement gris quand ils arrivèrent devant la porte des Debat.

— Je suis certain, dit André, que si nous faisions un rêve cette nuit, nous rencontrerions Papa 50.

— Encore faudrait-il dormir, répondit Maïté. Je me sens très éveillée.

— Moi aussi. Mais, dans le cabinet de Papa, je sais où il y a de quoi faire dormir.

— Tu crois que c'est prudent ?

— Un somnifère n'a jamais fait de mal à personne.

Silencieusement, ils ouvrirent la porte de la maison endormie et, à pas de loup, se dirigèrent vers le cabinet.

— L'armoire aux remèdes est fermée à clef, dit André, mais dans le tiroir de droite du bureau, il y a des capsules. Papa en prend quelquefois.

La boîte était verte avec l'inscription en rouge : « Ne pas dépasser la dose prescrite ».

— C'est quoi, la dose prescrite ? demanda Maïté.

André lisait les petites lettres imprimées sur la boîte.

— Trois capsules par jour.

Ils considérèrent les petites capsules violettes, l'esprit embrouillé par le vin.

— On n'en a pas pris de la journée, dit André. On pourrait les prendre toutes les trois à la fois. Verse de l'eau dans un verre.

Ils firent la grimace en avalant l'eau qui faisait descendre les capsules.

— Bah ! dit André, une quatrième capsule ne pourra pas faire de mal, ni une cinquième. Il est bientôt minuit. Ça comptera pour demain !

Un instant plus tard, ils dormaient à poing fermé sur le canapé où le médecin faisait allonger ses malades.

Ils débouchèrent en même temps dans le rêve. Le lieu était toujours Sent Christau, mais il n'y avait pas trace d'église ou de chapelle. Simplement, à l'écart, devant les trois ruisselets que ne captaient pas encore les têtes de lion, se dressait une cahute de rondins surmontée d'une croix. A quelque distance, sur un rocher qui dominait la vallée, une palissade grossière encerclait un groupe de chaumières.

Ils surent immédiatement qu'ils étaient, lui, Martin, fils de Marc et de Helga, elle, Maïté, fille de Wulf et de Mari. Ils avaient tous deux un peu plus de quinze ans.

Un homme d'une cinquantaine d'années sortit de la cahute à la croix et les héla :

— Martin ! Maïté ! N'oubliez pas de venir ce matin que je vous instruise de la vraie religion !

Il parlait une langue dans laquelle André reconnut le latin qu'il commençait à apprendre au collège, mais avec d'étranges inflexions et des fautes grossières que le professeur aurait immédiatement relevées.

— Nous viendrons, maître Anicet, répondit Martin, mais le seigneur Wulf a convoqué tous les habitants de la villa dès le jour.

— La villa ! Si vous y rencontrez cet hérétique de Théodore n'écoutez pas ce qu'il vous dira !

Martin et Maïté se dirigèrent vers la palissade devant laquelle un guerrier blond montait la garde, armé d'une lance.

— Tu crois que Wulf sera de bonne humeur, ce matin ? demanda Maïté.

— Je ne sais pas, mais il n'a jamais été bien méchant pour nous. Après tout, c'est ton père et c'est mon grand-père.

Ils parlaient entre eux la langue des Osks, rude et rocailleuse, dans laquelle André crut identifier les inflexions du basque. C'était la langue qu'on parlait dans leurs familles.

Marc, le père de Martin, était le fils d'un esclave osk capturé au cours d'un des raids que les tribus de la montagne faisaient parfois dans la vallée. Wulf l'avait affranchi pour le marier à Helga, la fille qu'il avait eue d'une femme osk capturée au cours du même raid. Quant à Maïté, il l'avait eue d'une fille livrée jadis en tribut par la communauté de parias qui vivait dans l'étroite et haute vallée où, calcula André, devait, des siècles plus tard, se dresser le village d'Aydius.

Les parents de Martin étaient déjà auprès de Wulf quand ils se présentèrent dans la salle où se tenait le vieux chef wisigoth. En voyant Wulf, André ne put réprimer un mouvement de surprise. Voilà donc d'où venait le nez des Debat ! Les cheveux blancs encore teintés de reflets roux, les yeux bleu vif, la moustache en bataille et le nez en bec d'aigle, saillant au milieu du visage buriné, le guerrier wisigoth avait fière allure. Sa fille Helga, la mère de Martin, avait hérité de son nez et ses cheveux étaient châtains, mais elle avait la peau mate et les yeux noirs des sauvages habitants de la montagne. André considéra son père Marc avec curiosité. C'était son Papa 50 et il y avait, sans aucun doute, un air de famille dans son visage maigre, mais le front était large et le nez droit. Instinctivement, André porta la main à son propre nez. C'était bien celui de sa mère et de son grand-père wisigoths.

Il y avait dans la salle une vingtaine de personnes : des guerriers wisigoths, épée au côté, des paysans, hommes et femmes, et quelques personnages ventrus en toge ou en tunique : de gros propriétaires vassaux de Wulf que le roi Euric avait fait comitem de la vallée.

— J'ai été avisé, dit Wulf en un latin rugueux, que les abords d'Iluro ont été pillés avant-hier par un parti de Suèves qui a dû s'infiltrer le long de la côte et remonter le gave. Ils vont sans doute essayer de regagner leur territoire en passant par cette vallée. D'après mes renseignements, ils sont plus de deux cents. Je n'ai que dix guerriers ici et Roth, plus haut dans la vallée, n'en a que dix aussi. Ce sera insuffisant.

— On peut armer les esclaves, dit un des propriétaires.

— Ils n'ont pas l'habitude de se battre. Il faudrait qu'ils soient à dix contre un pour avoir une chance devant les Suèves. Qu'en penses-tu, Marc ?

— Nous sommes une vingtaine d'hommes libres, Seigneur, et nos pères nous ont appris à manier l'épieu et l'arc, mais je ne sais pas ce que nous pourrons faire contre les haches de guerre et les longues épées d'acier des Suèves.

— Pourtant, les Osks, vos ancêtres, ont su résister aux

légions romaines, aux Vandales, aux Suèves et même à nous, les Wisigoths. Les hommes de la montagne ne se sont jamais soumis. Crois-tu qu'ils seraient disposés à nous venir en aide ?

— Il faudrait le leur demander, Seigneur.

— Veux-tu te charger de le faire ? Après tout, tu es de leur sang.

— Moi, Seigneur ? Aller chez les hommes de la montagne ? Jamais ils ne voudront m'écouter !

Helga intervint.

— Ils le tueront plutôt, père ! N'envoyez pas mon mari. Vous savez ce que sont ces hommes. Ce sont des sauvages qui ne respectent rien ! On dit même qu'ils mangent de la chair humaine !

— Sornettes ! s'écria Wulf. Ils ont peut-être mangé de l'homme autrefois, par nécessité, quand les légions romaines les condamnaient à vivre dans la très haute montagne, loin de toute source de ravitaillement. Maintenant, ceux de Lezko ont leurs troupeaux et même leurs champs. Et puis ce sont des chrétiens. Anicet les a évangélisés il y a plus de vingt ans !

— Oui, mais comment, Seigneur ? demanda un homme à la longue barbe noire qui portait une chasuble de laine ornée d'une croix. Anicet est un fanatique qui enseigne les sornettes inventées par une poignée d'évêques séniles !

— Paix, Théodore, gronda Wulf. Je suis aussi bon disciple d'Arius que toi, mais à mes yeux un chrétien est un chrétien. Les Suèves sont des païens, tout comme les Francs. Il me semble que, devant eux, nous devons oublier nos querelles. Marc, peux-tu demander à Anicet de t'accompagner à Lezko ? Ils le respecteront.

— J'irai, Seigneur, si tel est votre désir, dit Marc en s'inclinant.

Martin n'aurait peut-être pas bougé, mais la curiosité d'André, en lui, le poussa. Il s'avança d'un pas.

— Seigneur, dit-il à Wulf, puis-je vous demander la permission d'accompagner mon père ?

— Non ! par pitié ! pas mon fils ! s'écria Helga.

Le vieux chef wisigoth considérait Martin d'un œil perçant.

— C'est ton fils, femme, dit-il, mais c'est mon petit-fils et il me plaît de le voir montrer de l'audace à son âge. Tu accompagneras ton père à Lezko, Martin.

D'un geste, il congédia l'assemblée. Maïté courut rejoindre Martin.

— Sois prudent, Martin, dit-elle. Je ne crois pas à tout ce qu'on raconte sur les hommes de la montagne, mais ils n'aiment guère qu'on s'aventure sur leur territoire. Ils ont tué un berger la semaine dernière.

Elle ôta la petite croix de fer qu'elle portait suspendue sur sa poitrine par une lanière de cuir et la passa autour du cou de Martin.

— Tiens, elle te protégera, dit-elle.

Quand ils rentrèrent dans leur cabane, Helga pleurait, mais Marc prit Martin par les épaules.

— Je ne te l'aurais pas demandé, dit-il en plongeant son regard dans celui de son fils, mais c'est bien. Je suis fier de toi.

Anicet, Marc et Martin se mirent en route au milieu de la matinée. Ils descendirent le raidillon qui conduisait à ce qui serait plus tard le site d'Accous. Sur les prés qui bordaient le torrent, il n'y avait que les restes calcinés d'une ancienne villa détruite par les invasions. Depuis plus d'un siècle, les propriétaires avaient pris le parti de s'installer sur les hauteurs. C'est ainsi que Wulf occupait l'Aoulet.

Ils remontèrent le lit du torrent jusqu'au défilé où le rocher tombait à pic des crêtes d'Arapoup, puis, sautant de pierre en pierre, franchirent le cours d'eau pour s'engager un peu plus loin dans l'étroite vallée qui menait à Lezko. Avant d'affronter la pente abrupte, à flanc de montagne, ils s'arrêtèrent pour partager des galettes de mil et boire un coup d'eau fraîche.

La montée fut rude. Le sentier était à peine marqué. Les sandales de corde glissaient dangereusement sur l'herbe mouillée. A mesure que l'altitude augmentait, Martin évitait de regarder vers sa gauche où la vallée se faisait de plus en plus profonde. C'est tout juste si l'on distinguait comme un léger reflet argenté le torrent qui courait tout en bas.

Anicet qui montait avec une étonnante agilité, bien qu'il fût plus âgé que Marc, arriva le premier sur un ressaut de terrain entouré de gros rochers. Marc attendit son fils pour l'aider à franchir le dernier escarpement, puis rejoignit le prêtre.

— Nous ne devrions pas tarder à arriver en vue du campement, dit-il, à moins qu'ils n'aient bougé depuis le début de l'été.

— Ne crains rien, répondit Anicet. S'ils sont là, il y a longtemps qu'ils nous ont repérés.

Comme pour confirmer sa remarque, une dizaine d'hommes surgirent soudain de derrière les rochers et se jetèrent sur les visiteurs. Martin se sentit plaqué au sol, le nez dans l'herbe, tandis qu'un homme vêtu d'une peau qui puait le suint lui attachait les mains derrière le dos.

Rudement, les deux hommes et le garçon furent mis sur pied et poussés sur une piste de rocaille qui semblait escalader la montagne à pic. Quand Martin essayait de reprendre haleine, une bourrade dans le dos le relançait, titubant et trébuchant sur la pente raide. Au bout d'un trajet qui parut interminable, le cortège déboucha sur une plate-forme herbeuse devant un renfoncement du rocher qui formait un abri naturel. Des peaux de bête grossièrement tendues sur des branches sèches ébauchaient des sortes de tentes. Martin entrevit des feux autour desquels s'affairaient des femmes échevelées. Il y avait là aussi une cinquantaine d'hommes et une ribambelle de marmaille demi-nue.

D'un dernier coup dans le dos, les ravisseurs envoyèrent Anicet, Marc et Martin s'étaler devant un homme assis sur une pierre plate. C'est seulement au bout d'un moment que Martin osa lever les yeux vers lui. Comme tous ceux qui l'entouraient, il était extraordinairement maigre, mais ses membres noueux donnaient une impression de puissance et de vigueur. Ses gros yeux assombris par les sourcils noirs et touffus se promenèrent lentement sur les trois captifs.

Il montra Anicet du doigt.

— Celui-là est le saint homme de l'ermitage, détachez-le, dit-il en osk d'une voix rauque.

Anicet se mit péniblement debout.

— Au nom du Père, du Fils et du Saint Esprit, amen, dit le chef. Je te connais, Anicet. Tu es déjà venu ici quand j'étais jeune homme pour nous enseigner la vraie foi. Que viens-tu faire avec ceux-ci ? Ce sont des hérétiques de la vallée.

— Non, chef, répondit Anicet. Ils ne partagent pas

l'hérésie de leurs maîtres wisigoths. Celui-ci est Marc. Il est osk comme vous et cet autre est son fils Martin. Je les ai baptisés tous les deux.

— Il est osk, dis-tu ?

— C'est le fils de Gorka qui a été capturé par Wulf il y a plus de trente ans.

— Gorka ? Mon père m'a parlé de lui. Il a des frères qui vivent encore. Qu'on les détache, lui et son fils. Que venez-vous faire ici, Anicet ? Tu es le bienvenu, car il y a beaucoup d'enfants à baptiser, mais tu sais que nous n'aimons pas les visites.

— Wulf, dit Marc, a appris qu'une troupe de Suèves se dirige vers le col. Il demande votre aide pour les empêcher de piller la vallée.

— Et que nous importe la vallée ? Notre territoire, c'est la montagne. Les Wisigoths, ces chiens, peuvent se défendre tout seuls.

— Ils ne sont pas assez nombreux et les esclaves ne savent pas se battre.

— Parce qu'ils sont devenus gras comme des bêtes de somme. Et toi, tu sais te battre ?

Sans avoir l'air de bouger, le chef pointa soudain vers Marc la lance qui, l'instant d'avant, reposait à côté de lui, mais Marc réagit comme l'éclair : son bâton, tenu à deux mains, bloqua l'arme à un pouce de sa poitrine.

— Pas trop mal, dit le chef, mais si tu as devant toi une douzaine de Suèves armés d'épées, tu ne t'en tireras pas à si bon compte.

— Je ne serai pas seul si vous venez avec nous.

Le chef fit un signe et ses hommes vinrent se grouper autour de lui. On emmena les prisonniers à l'écart. Le conciliabule dura longtemps. Enfin, le chef fit approcher Marc.

— Ecoute, dit-il, je n'ai pas l'intention de risquer la vie de mes guerriers pour défendre les Wisigoths et les gros propriétaires, mais je n'ai pas non plus l'intention de laisser des barbares païens se conduire en pays conquis dans nos montagnes. Dis à Wulf qu'il monte une embuscade au défilé d'Arapoup, un peu en amont. Que ses guerriers se tiennent au coude du torrent, là où la vallée s'élargit de nouveau, et n'avancent pas vers l'aval. Nous ferons le reste. Quand Anicet aura baptisé et confessé tous ceux qui en ont besoin, vous pourrez aller. Je ne vous offre pas à manger, car le troupeau est déjà dans les pacages d'altitude et la chasse n'a pas été bonne ces jours-ci. Dis à Wulf que nous voulons tout le butin des Suèves. *Agur !*

Le retour sur les pentes vertigineuses fut plus dur encore que la montée. Wulf les reçut dès leur arrivée.

— Des réfugiés affluent ici, dit-il. Les Suèves ont pillé trois villas dans la basse vallée. Ils campent à une demi-journée de marche d'ici. Nous pouvons les attendre demain matin. Qu'ont dit les hommes de la montagne ?

Marc rapporta les propos du chef osk.

— Nous n'avons pas le choix, dit Wulf. Il faut nous fier à sa parole.

La soirée et la nuit furent passées à l'organisation de l'embuscade. Le défilé d'Arapoup avait à peine une centaine de pas de large et le torrent y bouillonnait furieusement sur les rochers. Le seul passage vers la haute vallée était un étroit sentier sur la rive droite, contournant l'arête de rocher qui tombait verticalement sur quelque mille pieds d'une crête étroite comme une lame d'épée. Les isards eux-mêmes avaient du mal à s'y tenir. En face, à peine moins abrupte, mais tout aussi infranchissable, se dressait à la même altitude la masse étincelante du Miroir, ainsi appelé à cause du poli de sa roche qui brillait sous le soleil.

Un barrage fut établi avec de grosses pierres un peu en amont du défilé, invisible jusqu'à la dernière minute pour qui remontait le torrent. Une vingtaine de paysans libres, armés d'arcs, y furent postés sous le commandement de Marc. Derrière eux, Wulf et une quinzaine de guerriers wisigoths se tenaient prêts à intervenir, lance et épée au poing.

Au matin, tout était prêt. Helga alla prier avec Théodore et les autres femmes de la villa dans la chapelle arienne attenante à la demeure de Wulf. Maïté et Martin assistèrent à la messe que célébra Anicet dans son ermitage, puis l'accompagnèrent au sommet de la colline ronde qui dominait la vallée.

André se souvenait vaguement qu'elle s'appellerait plus tard le Pouey et que le village d'Accous se nicherait à son pied.

Pour le moment, on ne voyait que fougères et friches buissonneuses.

Il était presque midi quand les Suèves apparurent le long du torrent. En tête, chevauchaient des cavaliers dont les casques brillaient au soleil. Puis venaient, en une colonne confuse, les guerriers comme des fourmis. A l'arrière, d'autres cavaliers poussaient devant eux le bétail capturé lors des pillages : vaches, brebis, porcs et des chevaux lourdement chargés.

Quand les Suèves furent à deux ou trois cents pas du défilé, trois cavaliers se détachèrent et partirent en reconnaissance. Ils durent apercevoir le barrage, car ils revinrent au galop et aussitôt les guerriers suèves se déployèrent sur toute la largeur que permettait le défilé. Certains escaladèrent les éboulis au pied de l'arête, d'autres tentèrent de passer le torrent à gué pour prendre le barrage à revers de la rive gauche. Soudain, il y eut un remous parmi les assaillants et Martin comprit qu'une volée de flèches avait dû partir du barrage.

Cherchant un abri, la majorité des Suèves était maintenant massée au pied de la roche abrupte.

C'est alors que Martin vit quelque chose bouger sur la crête d'Arapoup. De loin, c'était comme des fourmis qui s'affairaient autour d'un caillou. Le caillou sembla vaciller, puis il bascula lentement le long de la paroi verticale, entraînant avec lui d'autres cailloux beaucoup plus gros. Et, d'un coup, Martin prit les proportions de l'événement. C'étaient d'énormes blocs de rocher qui dégringolaient en avalanche. Les Suèves n'avaient pas encore vu venir le danger. Quand le grondement des pierres les alerta, il était déjà trop tard. En un moment, la moitié d'entre eux se trouva ensevelie sous les éboulis. A cet instant, les Wisigoths de Wulf chargèrent, l'épée haute. Malgré la distance, on imaginait le carnage qui devait se dérouler sur les rives du torrent. Débouchant d'une faille à peine visible dans le Miroir, des montagnards bondirent de pierre en pierre à grands sauts d'isards vers l'arrière-garde de la colonne suève dont l'escorte s'enfuit. Faisant main basse sur le bétail et les chevaux chargés, ils les conduisirent vers leurs passages secrets.

— C'est fini, dit Anicet. Les barbares ne reviendront pas.

Wulf et Marc rentrèrent tard dans la soirée. Il n'y avait eu que quatre tués parmi les Wisigoths et les paysans.

Marc était blessé à l'épaule. Helga aida Théodore à le panser. On ramena une vingtaine de Suèves survivants, grands diables blonds au regard hébété, que Wulf décida d'épargner pour les garder comme esclaves. Quelques-uns parlaient un latin à peu près compréhensible. Une querelle éclata entre Théodore et Anicet pour savoir qui les évangeliserait. Wulf trancha en faveur de Théodore.

— Après tout, dit-il, ce sont mes captifs et je suis arien. Si les gens de la montagne ont fait des prisonniers, Anicet, tu pourras aller les évangéliser pour ton compte.

Marc avait la fièvre. Il passa la nuit dans la grande salle de la maison de Wulf devant un feu de bois, étendu sur une peau d'ours. Helga et Martin restèrent avec lui. Dans la nuit, alors qu'il dormait dans un coin de la pièce avec les autres membres de la famille du chef, Martin sentit la main de Maïté qui cherchait la sienne.

Il eut du mal à s'éveiller. En grandes pulsations, une affreuse migraine serrait ses tempes. Quand il ouvrit les yeux, il vit le visage de son père penché sur lui. Le docteur Debat était pâle et ses traits étaient tirés.

— Te voilà hors de danger, André, dit-il, mais ne recommence jamais ça. Si vous aviez pris deux capsules de plus, Maïté et toi, vous ne vous seriez jamais réveillés. On vous a trouvés trop tard pour vous mettre la pompe stomacale.

— Comment va Maïté ?

— Elle est restée ici, dans la chambre d'amis. Elle vient de se réveiller. Vous avez dormi plus de vingt heures.

André n'osa pas parler de son rêve à son père. Jamais il n'avait eu un pareil sentiment de réalité et cela l'effrayait un peu. Il eut l'idée d'en parler à sa mère, mais quand elle vint lui apporter du bouillon, il hésita. Il allait se décider quand elle tendit la main.

— Qu'est-ce que c'est que cette lanière que tu as autour du cou ? Tu portes un crucifix, maintenant ?

Effaré, il considéra la petite croix de fer. C'était celle que Maïté lui avait donnée dans son rêve. Elle était là, bien réelle, il pouvait la toucher. Sa surprise fut telle que les paroles qu'il allait prononcer moururent sur ses lèvres.

— Je... je l'ai trouvée sur l'Aoulet, du côté de Sent Christau, balbutia-t-il.

— C'est un pèlerin qui a dû la perdre. Il y en a encore qui vont par là jusqu'à l'ancienne fontaine miraculeuse. Elle ne vaut sans doute pas grand-chose.

Le lendemain, quand Maïté et lui se levèrent et purent se parler, il lui montra la croix. Elle leva vers lui de grands yeux.

— Je me souviens, dit-elle. C'est moi qui te l'ai passée autour du cou dans le rêve.

— Mais pour qu'elle soit ici maintenant, est-ce que c'était vraiment un rêve ?

— Nous nous sommes réveillés, non ?

— Papa dit que nous aurions pu ne pas nous réveiller. Si nous ne nous étions pas réveillés, tu crois que nous serions encore là-bas ?

D'un commun accord, ils décidèrent de montrer la croix à Anatole Lassus qui devait venir le surlendemain et de tout lui raconter.

L'anthropologue les écouta attentivement en faisant sauter la croix dans sa main.

— Ouais, dit-il en l'examinant. Si cette croix datait de quatorze ou quinze siècles, il n'en resterait pas grand-chose. Le fer rouille vite. Quant au cuir de la lanière, à vue de nez, il ne doit pas dater de plus de dix ou quinze ans.

— C'est Anicet qui me l'a mise autour du cou quand il m'a baptisée... enfin quand il avait baptisé la Maïté du rêve.

— Mmmm... on ne sait pas grand-chose sur l'art wisigothique et ton père pourrait fabriquer un machin comme ça en une demi-heure dans son atelier. Vous êtes sûrs que vous ne l'avez pas trouvée avant de rêver et que ce n'est pas elle qui vous a fait rêver ?

— Je ne me souviens pas de l'avoir trouvée, dit André.

— D'après ce que dit ton père, vous étiez passablement éméchés quand vous êtes rentrés. Vous ne vous êtes peut-être pas rendus compte.

— Je me souviendrais, dit André.

— En tout cas, c'est la seule explication rationnelle que je vois et il vaut mieux nous y tenir.

— Vous n'en parlerez pas à mon père ?

— Non, il a été assez secoué comme cela. Ce qui est irrationnel le perturbe... Cela dit, cette croix m'intrigue. Si c'était de la céramique, je la ferais dater par fluorescence à Bordeaux. Pour ce qui est du fer, c'est plus coton. Je ne vois qu'un homme qui serait capable de faire une analyse vraiment complète. C'est mon ami Smithson du Massachussett Institute of Technology, aux Etats-Unis. Vous voyez un inconvénient à ce que je lui envoie votre croix ?

— Aucun, si ça doit nous apprendre quelque chose.

— Je ne garantis rien, mais si vous ramenez un autre gadget de vos rêves, faites-moi signe. Je suis preneur.

7
Papa 100

LE temps passa et plus personne ne parla de l'incident.

Le docteur Debat prit simplement soin de ne plus laisser traîner aucun remède clans son cabinet. Lassus ne reparla pas de la petite croix qu'il avait envoyée aux Etats-Unis.

André fit sa 3e, puis partit faire sa 2e au Lycée d'Oloron. Pendant les premiers temps, sa mère l'emmenait en voiture le matin et allait le chercher le soir, puis comme on finit par trouver le trajet fatigant pour tous les deux, il prit pension chez Tante Renée, la sœur cadette de la grand-mère Debat qui était infirmière-chef à l'hôpital d'Oloron. C'était une femme d'une cinquantaine d'années au visage étonnamment jeune, couronné de cheveux blancs frisés.

Restée veuve d'un pharmacien, elle avait une solide formation scientifique, et c'est sans doute son influence plus que celle de son père qui orienta André vers la biologie. Il y réussis sait bien, remportant d'excellentes notes en chimie et en sciences naturelles.

Il montait à Bedous tous les samedis et retrouvait Maïté qui faisait au C.E.S. une 3e très honorable. Ses goûts étaient plutôt littéraires et elle réussissait bien en langues vivantes.

Cela n'avait pas été facile pour eux de se quitter pendant toute la semaine, mais ils se rattrapaient le dimanche en allant skier en hiver ou faire des courses en montagne l'été. Il y avait aussi des dimanches où André avait un match. Il faisait partie de l'équipe des cadets de rugby de l'A.S. d'Oloron. Maïté l'accompagnait alors comme supporter enthousiaste.

Quand il était à Bedous, André aimait aussi traîner dans l'atelier d'Ibarrondo, le père de Maïté, à le regarder travailler. Le ferronnier avait plus souvent à forger ou ajuster des pièces d'instruments agricoles qu'à exercer vraiment son art, mais parfois on lui demandait un pied de lampe, une table ou même un balcon et André prenait plaisir à le voir travailler le fer, tantôt à froid, tantôt à chaud. Ibarrondo montrait les finesses du forgeage à André.

— Tu vois, disait-il, pour bien le travailler, il faut que le fer soit rouge cerise.

— Ça fait quelle température ?

— Dans les neuf cents degrés. Dans certains cas, on peut monter jusqu'à mille ou douze cents degrés. Le fer est alors presque blanc.

— Il ne risque pas de fondre ?

— Le fer fond à un peu plus de quinze cents degrés.

— Vous y arriveriez sur votre petit brasier à coke ?

— Bien sûr : c'est une question de soufflerie. Jusqu'au XVIIIe siècle, on faisait fondre le minerai dans des fours à charbon de bois. Il n'y a pas très longtemps encore il y avait des fonderies à l'ancienne dans la vallée.

— Il y a du minerai de fer ?

— Oui, mais il est pauvre et on en a abandonné l'exploitation. La vallée d'Aspe est très minière. En bas, il y a du cuivre et plus haut, du fer. Tu n'as pas remarqué comme la roche est rouge du côté du Somport ? Et d'où crois-tu que vient le nom des Forges d'Abel ?

— Là où commence le tunnel international du chemin de fer ? Il y avait vraiment des forges ?

— Et ça ne date pas d'hier !

Dans la première semaine de février, au cours d'un match amical avec l'Aviron Bayonnais, André fut plaqué irrégulièrement par l'avant-centre de l'équipe adverse. L'A.S. marqua un but de pénalité, mais André se retrouva à l'hôpital avec une fracture double du péroné droit.

Tante Renée veillait sur lui avec sévérité pour les soins médicaux, mais avec indulgence pour le reste. C'est ainsi que le samedi, elle permettait à Maïté de passer l'après-midi avec André et même de s'attarder le soir jusqu'au dernier autobus.

Maïté apportait son cassettophone et ils passaient le temps, tous les deux, à écouter du jazz de la Nouvelle Orléans, du rock des années soixante ou de la musique classique. Maïté avait une prédilection pour Vivaldi.

Un samedi après-midi, tandis qu'ils écoutaient les Quatre Saisons, Lassus vint voir André qui devait sortir quelques jours plus tard. Après avoir causé un moment, il tira un papier de sa poche.

— J'allais oublier, dit-il. Il y a quelque temps, j'ai reçu la réponse de Smithson au sujet de cette croix que vous m'aviez confiée, vous vous souvenez ? Il a mis le temps, mais il a fait du travail sérieux.

— Qu'est-ce qu'il en dit ? demanda André.

— Il est assez perplexe. D'après lui, c'est du fer qui a été fondu il n'y a guère plus de vingt ou vingt-cinq ans, mais avec une technique extrêmement primitive qui n'est plus employée que dans certains coins très reculés de l'Afrique.

— De l'Afrique ?

— Oui, le minerai a été fondu au bois et contient beaucoup d'impuretés. Il y a plus de quinze siècles qu'on ne fond plus le fer ainsi en Europe. Il faudrait remonter au premier millénaire de l'âge du fer.

— La croix vient peut-être d'Afrique.

Lassus tira une autre feuille de sa poche.

— C'est ce qu'il y a de curieux. Smithson me donne une analyse très précise et très complète du minerai qui a été employé. C'est une hématite de type Fe203. Tu vois ce que je veux dire ?

— Je vois : c'est un oxyde de fer.

— Oui, mais Smithson a poussé la conscience professionnelle jusqu'à passer l'échantillon à la microsonde électronique et au microanalyseur ionique, ce qui lui permet de donner une description extrêmement fouillée du minerai. Je vous fais grâce des détails. Bref, j'ai consulté mes collègues géologues et ils sont tous d'accord pour dire que ce minerai en particulier est celui qu'on trouve dans la vallée d'Aspe, notamment du côté de Peyranère. Il paraît qu'il a des particularités qui ne permettent pas de s'y tromper.

— La croix a donc été fabriquée ici.

— Oui, il y a vingt ou vingt-cinq ans, avec des techniques datant de quinze cents à trois mille ans !

— C'est invraisemblable.

— Ton histoire de rêve aussi était invraisemblable. Et pourtant la croix est bien réelle.

— Vous n'avez pas une petite idée ?

— J'ai beaucoup réfléchi. En admettant... je dis bien en admettant que ta croix vienne réellement du passé, il est raisonnable de penser que ton curé... comment l'appelles-tu ?

— Anicet.

— Il est raisonnable de penser qu'Anicet se l'est procurée sur place, que c'est un produit de l'artisanat local. On exploitait donc couramment le minerai de fer dans cette vallée au Ve siècle. Ce qu'il m'intéresserait de savoir, c'est depuis quand. Il s'agit probablement d'une industrie très ancienne. L'âge du fer a commencé à remplacer l'âge du bronze au moins deux mille ans avant le Christ en Chine, mais la technique n'est arrivée en Europe occidentale que vers la moitié du premier millénaire avant le Christ. Cela dit, elle s'était répandue au moins cinq cents ans auparavant dans le Moyen-Orient et tout autour de la Méditerranée. Les Ibères d'Espagne la connaissaient et il n'est pas exclu qu'ils aient installé des fonderies sur ce versant des Pyrénées. Peut-être même ont-ils exploité l'alios des Landes qui, comme tu le sais, est à base d'oxyde de fer.

— Les Ibères ? J'en ai entendu parler. Qui étaient-ils ?

— On voudrait bien le savoir. C'est un peuple très mystérieux, venu certainement d'Afrique du Nord. Certains y voient les ancêtres des Berbères. Un demi-millénaire avant l'arrivée des Romains, ils étaient bien installés en Espagne où ils s'étaient mêlés aux Celtes pour former le peuple celtibère, mais j'ai toujours pensé que leur arrivée date d'au moins cinq cents ans plus tôt.

— Et ils sont venus jusqu'ici ?

— C'est très probable.

André calculait.

— Alors, mon Papa 100 pourrait avoir été Ibère ?

— Pourquoi pas ? Si tu rêves de lui, tiens-moi au courant. Ça m'intéresse.

Quand Lassus fut parti, Maïté et André discutèrent longuement ses propos. Maïté était sceptique.

— Tu crois que nous rêverons de nouveau ? Ça fait presque deux ans que ça ne s'est pas produit.

— Peut-être que plus nous remontons loin, plus il nous faut attendre pour rêver. Mais si nous devons rêver de Papa 100 ça ne devrait guère plus tarder.

Désœuvrés, ils finirent par mettre la deuxième sonate pour flûte traversière sur le cassettophone. Un grand soleil d'hiver entrait à flots dans la chambre surchauffée et, sans s'en rendre compte, ils s'assoupirent, André dans son lit et Maïté dans le fauteuil. Même le déclic de l'appareil s'arrêtant en bout de bande, ne les réveilla pas. Quand Tante Renée passa pour sa visite de l'après-midi, elle sourit et étendit une couverture sur Maïté.

Le rêve avait alors commencé depuis longtemps. Le décor n'était plus Sent Christau, sur le plateau d'Aoulet, mais une forêt de sapins au pied d'une falaise rouge. Il fallut un moment à André pour reconnaître sur la droite le pic d'Espélunguère, puis la ligne familière du cirque du Somport. Maïté et lui, âgés de dix-sept ou dix-huit ans, peinaient le long d'un sentier rocheux, les épaules chargées de lourds paniers pleins de grosses pierres rouges. Ils descendaient vers le fond de la vallée, approximativement, jugea André, vers l'endroit où s'ouvrirait des millénaires plus tard, l'entrée du tunnel international.

Il s'appelait Iruz et il était le fils d'Egin, travailleur à la fonderie. Maïté, qu'on appelait Maï, était sa fiancée. Ils faisaient partie des corvées chargées de transporter le minerai de la mine, située à mi-hauteur sur le flanc de la montagne jusqu'aux fourneaux qu'on voyait briller à travers la brume, au pied de la falaise. D'autres corvées apportaient du bois. Elles étaient pour la plupart composées de jeunes gens, garçons ou filles. Les hommes adultes travaillaient à la mine ou aux fourneaux. Les femmes surveillaient les troupeaux sur la prairie, au bord du gave.

À mesure qu'ils approchaient des fourneaux, ils sentaient sur leur visage leur haleine brûlante. Ils étaient disposés en ligne devant des rigoles où coulerait le métal en fusion pour aller se déverser dans les fosses de sable mouillé où refroidiraient les lingots.

Iruz et Maï ne parlaient pas, occupés à suivre sans trébucher la piste qu'ils parcouraient dix à quinze fois par jour. Ils se dirigèrent vers l'un des fourneaux du milieu autour duquel s'affairaient confusément des hommes au torse nu, ruisselant de sueur. L'un d'entre eux était Egin. Il leur fit signe de la main.

— Mettez la pierre sur le tas ! leur cria-t-il. Nous allons couler bientôt.

Le parler était rude et rauque. André crut y reconnaître quelques mots qui ressemblaient au basque de son époque.

André considéra son Papa 100. Il était plutôt de petite taille, mais râblé et musclé. Le visage était large et carré.

Seuls les yeux et les sourcils avaient quelque chose de vaguement familier.

— Combien faudra-t-il de charges d'ici ce soir ? demanda Iruz dans la même langue.

Egin leva les yeux vers le Maître Eraz qui surveillait les opérations, debout sur une roche voisine.

— Une seule suffira, répondit Eraz d'une voix profonde. Ensuite, vous irez aider vos mères à traire les vaches et les brebis.

Il parlait une autre langue, plus fluide, mais beaucoup de mots se ressemblaient. Comme tous les Maîtres, Eraz était vêtu d'une longue robe noire flottante dont un pan lui couvrait la tête et le bas du visage.

Les Maîtres avaient toujours été là, de mémoire de mineur, mais les légendes disaient qu'ils étaient venus de l'autre côté de la montagne. Ils ne vivaient pas d'une manière très différente de celle des travailleurs, mais c'étaient avant tout des guerriers et des commerçants. Ce sont eux qui emportaient les lingots de fer à travers la montagne sur des convois de bœufs. Leur loi était rude sans être cruelle. Avec le temps, il y avait eu des mariages entre races, mais la séparation était rigoureusement maintenue entre les mineurs et les fondeurs d'un côté, les Maîtres de l'autre. Bien que leurs langues eussent tendance à se mêler, elles restaient distinctes.

Iruz et Maï firent encore un voyage en silence. Le père de Maï, Aretz, était parmi les mineurs. A grands acharnements, il détachait au pic des blocs de rocher que les jeunes gens chargeaient dans leurs paniers. Un Maître grand et maigre vint vérifier la taille des blocs. Il parut satisfait, car il s'éloigna.

En redescendant vers la fonderie, Truz demanda à Maï :

— Tu n'es pas trop fatiguée ?

— Ça ira, répondit-elle, mais je n'aurais pas aimé faire un autre voyage.

— Avant de rejoindre nos mères, nous nous reposerons un instant si Eraz le permet. J'aimerais voir la coulée.

Le fourneau où se tenait Egin avec ses compagnons était une grande cuve de terre cuite aux parois très épaisses posée sur un socle de terre creux, à l'intérieur duquel flambait le brasier. Des hommes y entassaient sans arrêt du bois par brassées énormes, tandis que d'autres maniaient rythmiquement de grands soufflets de peau qui entretenaient sous la cuve une flamme blanche éblouissante.

À la base de la cuve, on distinguait, rougeoyante, l'ouverture par laquelle s'écoulerait le fer fondu. Un tronc de hêtre jeune, profondément enfoncé, l'obstruait pour le moment.

Sur l'ordre d'Eraz, les fondeurs se rangèrent de part et d'autre de la rigole, armés de branches effeuillées avec lesquelles ils s'efforceraient de retirer les scories du fer fondu.

À quelques pas de distance, adossés à un gros rocher, Iruz et Maï avaient du mal à supporter la chaleur. Il leur semblait que leur peau allait éclater comme celle des moutons qu'on mettait à rôtir à la broche.

Egin faisait partie de l'équipe qui devait retirer le tronc de hêtre et déboucher la cuve. C'était le moment le plus dangereux. André observa le visage de Papa 100. Il était tendu et la sueur traçait des sillons sur la crasse de ses joues.

Eraz monta sur une sorte d'estrade de pierre et observa l'intérieur de la cuve, le bras levé. Les hommes se raidirent sur le tronc, puis, quand Eraz abaissa le bras, ils se mirent à haler. Une lueur éblouissante parut au bord de l'ouverture. A la troisième traction, le tronc céda et le métal en fusion jaillit.

C'est alors que l'accident se produisit. Du bord de l'ouverture circulaire, un trait rouge irrégulier partit soudain comme un éclair, s'élargissant rapidement en une fissure.

Egin fut le premier à voir le danger.

— Reculez ! Reculez ! cria-t-il. La cuve est en train de se briser !

Eraz sauta à terre au moment où, avec un bruit sinistre, tout un pan de la paroi de terre céda. Un flot bouillonnant de métal en fusion se répandit en éventail de part et d'autre de la rigole. Les hommes qui se tenaient là furent balayés et disparurent dans d'horribles nuages de fumée noire.

— Attention, Iruz ! cria Egin, ça vient vers vous ! Reculez !

Mais comment reculer ? Ils avaient le dos au rocher, qui était lisse. Levant la tête, Egin chercha une saillie, mais la plus proche était hors de portée. En vain, il essaya de l'atteindre en sautant. La vague de feu approchait rapidement. C'est alors qu'Egin et Eraz, bondissant de roche en roche, arrivèrent près des deux jeunes gens et, les saisissant à bras le corps, permirent à Iruz d'accrocher d'une main l'anfractuosité. Il parvint à

se hisser, et, affermissant sa prise de pieds, à saisir le bras de Maï. Bientôt, elle fut à côté de lui, plaquée à la roche, en sécurité. Mais Egin et Eraz ne purent suivre. La coulée les engloutit au moment où elle vint déferler sur le rocher. Une gouttelette de métal en fusion jaillit et vint tomber sur le bras d'Iruz qui poussa un hurlement de douleur.

Le cri alerta Tante Renée qui entra précipitamment dans la chambre pour trouver Maïté en proie à une violente crise de nerfs, les poings sur les tempes, tandis qu'André se tordait de douleur.

Elle prit le temps d'administrer deux gifles magistrales à Maïté pour la calmer, puis se tourna vers André.

— Qu'est-ce qui ne va pas ? Qu'est-ce qui te fait mal ?

— Mon bras ! Je suis brûlé !

— Brûlé ? Et par quoi ? Tu rêves ?

Quand elle vit le bras, elle alerta aussitôt l'interne de service. C'était un tout jeune médecin qui portait des lunettes rondes cerclées d'or. D'un air perplexe, il se pencha sur le bras d'André. On voyait une grosse tache noire de la taille d'une pièce de deux francs. Les abords de la blessure commençaient à rougir.

— Ça ressemble à une brûlure, dit-il. Qu'est-ce qu'il y a de chaud par ici ?

Les yeux de Tante Renée firent le tour de la chambre.

— Rien, apparemment, docteur, dit-elle. Qu'est-ce qui t'a brûlé, André ?

— Le fer... le fer en fusion, balbutia-t-il entre deux gémissements.

— Il délire, dit le docteur. Prenez-lui la température. Je vais lui faire une novocaïne pour calmer la douleur.

Maïté s'était mise à pleurer à gros sanglots. Tante Renée lui passa la main dans les cheveux.

— Pourquoi pleures-tu, petite ? Tu n'as rien, toi, et André, ce ne sera pas grand-chose.

— Egin... Eraz..., hoqueta Maïté. Ils ont donné leur vie pour nous sauver ! Oh, c'était affreux !

— Je crois que je ferais bien de te prendre la température à toi aussi. Calme-toi, je vais téléphoner à vos parents.

Trente-cinq minutes plus tard, les Debat, les Ibarrondo et Lassus faisaient irruption dans la chambre.

— Qu'est-ce que c'est que cette histoire de brûlure ? demanda le docteur Debat à l'interne. Je croyais que dans cet hôpital, on assurait au moins la sécurité des patients !

— Je n'ai aucune idée de l'origine, mon cher confrère, répondit le jeune médecin, mais c'est certainement une brûlure au troisième degré. La peau et les chairs sont carbonisées en profondeur.

Le docteur Debat examinait le bras de son fils.

— Vous avez raison. Heureusement que ce n'est pas plus étendu.

Par-dessus son épaule, Ibarrondo regardait.

— Je reconnais, dit-il. C'est le genre de brûlure qu'on se fait dans une forge quand on touche du fer rouge. J'en ai eu plusieurs.

— La première chose à faire, dit le docteur Debat, c'est de nettoyer tout ce qui est carbonisé de façon à se rendre compte de l'étendue des dégâts. Je préfère m'en charger, docteur. Renée, veux-tu me passer un bistouri et faire une petite anesthésie locale à André ? Une ampoule de procaïne suffira.

Pendant que le docteur attendait que l'anesthésique fasse son effet, Lassus s'approcha de lui.

— Peux-tu me mettre de côté les débris carbonisés que tu retireras ?

— Que veux-tu faire de ces saletés ?

— Les analyser. Ça nous donnera peut-être une idée de l'origine de la brûlure.

Une demi-heure plus tard, les Ibarrondo emmenaient Maïté endormie sous l'effet des sédatifs qu'on lui avait administrés.

Pansé et bandé, André dormait aussi. Une infirmière veillait auprès de lui.

Dans la voiture qui les ramenait à Bedous, le docteur Debat dit à sa femme qui s'inquiétait :

— Ce ne sera rien. La brûlure mettra du temps à se cicatriser et laissera une marque, car elle est très profonde. Heureusement, elle est très circonscrite et va en se rétrécissant à mesure qu'on s'enfonce.

— Comme si une goutte de métal fondu était tombée sur le bras d'André ? demanda Lassus.

— C'est un peu ça, mais d'où serait-elle venue, ta goutte ? Il n'y a pas de fonderie à cinquante kilomètres à la ronde !

— Oui, mais il y en a eu autrefois.

— Alors, ce serait une goutte qui aurait voyagé dans le temps ? Moi, je crois plutôt que c'est une étincelle provoquée par quelque court-circuit dans le poste de télévision.

— Il n'était pas allumé et pour qu'il y ait une étincelle, il aurait fallu que l'appareil implose.

— Tu vois une autre explication ?

Lassus hocha la tête et ne répondit pas.

Il y eut une enquête administrative à l'hôpital pour essayer de déterminer les causes de l'accident. Deux messieurs graves interrogèrent longuement André et Maïté, mais ils maintenaient mordicus, le premier qu'il avait été réveillé par la douleur, l'autre par les cris de son camarade. Ils avaient convenu entre eux de ne pas souffler mot du rêve. Des équipes de sécurité vinrent examiner la chambre, démontèrent toutes les installations électriques, visitèrent les conduits de chauffage et sondèrent les murs.

Un des enquêteurs émit l'hypothèse qu'il pouvait s'agir d'une météorite.

— Les vitres étaient intactes, objecta l'autre.

— Elle aurait pu entrer entre les pales de l'aérateur.

— On aurait retrouvé les morceaux.

— Elle pouvait être minuscule et s'être désintégrée à l'impact.

Ils demandèrent alors si l'on avait conservé les débris recueillis dans la plaie. On leur répondit que le professeur Lassus les avait emportés.

On téléphona à Lassus qui arriva quelques heures plus tard. Il fut formel.

— Il y avait bien une quantité de particules de fer dans la plaie, mais il est absolument exclu qu'il s'agisse de fer météoritique. Les météorites sont, soit du fer à l'état pur, soit du ferro-nickel. Or l'échantillon que j'ai fait analyser contient une forte proportion d'oxydes, avec des traces de silice, de carbone et de soufre. C'est sans aucun doute du fer minéral.

Quand les enquêteurs furent partis bredouilles, André et Maïté restèrent avec Lassus et le docteur Debat. Lassus se tourna vers eux et leur dit :

— Il vaut mieux que vous racontiez toute la vérité, même si elle vous paraît invraisemblable. C'était encore un de vos rêves, n'est-ce pas ?

Le docteur Debat n'était pas au courant du rêve de Papa 50 et de l'histoire de la croix. Quand il entendit le récit d'André, il ouvrit de grands yeux.

— Tu veux dire, André, que tu as ramené un objet matériel d'un de tes rêves ? C'est dingue ! Les rêves n'ont pas d'existence véritable. Ils se passent à l'intérieur du cerveau.

— Tu m'as dit qu'on pourrait peut-être un jour en ramener des photographies.

— C'est tout autre chose. Je voulais dire qu'avec les progrès actuels de l'encéphalographie, il n'était pas impensable qu'on arrive à traduire en images les schémas qui se forment à l'intérieur du cerveau au cours d'un rêve. Mais ce ne seront que des images, pas des réalités matérielles. Ce que tu as vu n'a pas existé !

— Oh si ! s'écria Maïté en fondant en larmes. Je sens encore les mains du Maître sur ma taille quand il m'a soulevée pour me mettre à l'abri !

— Le Maître ? demanda Lassus. Quel Maître ?

— Il y avait, expliqua André, les hommes qui étaient mineurs comme le Papa de Maï... de Maïté, ou fondeurs comme mon Papa 100, et les Maîtres qui commandaient, surveillaient, emportaient le fer...

— Ces Maîtres, à quoi ressemblaient-ils ?

De son mieux, André décrivit la haute taille, la longue robe noire, le visage osseux au nez fin, les yeux fauves.

— Ouais, dit Lassus. Il ne serait pas absurde de penser à une origine saharienne... nord-africaine, en tout cas. Tu as parlé de deux langues. Elles étaient très différentes ?

— Oui, très, mais il y avait des mots qui étaient les mêmes dans les deux.

— Tu te souviendrais de quelques-uns de ces mots ?

André regarda Maïté d'un air dubitatif.

— Je ne sais pas. Nous avons un peu parlé avec Eraz et avec Egin et aussi un peu entre nous, mais pas beaucoup.

— À vous deux, vous n'arriveriez pas à retrouver deux ou trois bouts de phrase ?

— Peut-être.

— Ecoutez, creusez-vous un peu la tête. Samedi, je reviendrai avec quelqu'un que ça intéressera.

Le samedi suivant, Lassus arriva avec un grand bonhomme chauve et souriant dont le regard jovial considérait Maïté et André par-dessus ses lunettes.

— Je vous présente, dit-il, le professeur Haritschelhar qui est notre plus grand spécialiste du basque. Vous avez retrouvé quelques mots ?

— Vaguement, répondit André, juste ce que nous ont dit le Maître Eraz et Papa 100... je veux dire Egin, quand nous sommes arrivés à la fonderie.

— Pouvez-vous essayer de le répéter ?

Ce n'étaient que quelques syllabes rauques qui ne signifiaient plus grand-chose pour eux. Maïté avait plus d'oreille qu'André et elle corrigea l'accentuation.

Le professeur Haritschelhar, toujours un léger sourire sur les lèvres, leur fit répéter plusieurs fois, suggéra discrètement quelques corrections, puis hocha son crâne en forme de poire.

— C'est difficile d'affirmer sur un si petit échantillon, dit-il, mais il semble bien, en effet, qu'il s'agisse de deux langues, l'une de type agglutinant, comme le basque, l'autre appartenant plutôt à la vieille famille chamitique. Mais il est évident que le vocabulaire et la morphologie des deux langues sont en train de fusionner. J'ai relevé en particulier une deuxième personne du pluriel qui, dans les deux cas, pourrait s'apparenter au basque moderne. Cela semblerait aller dans le sens de l'hypothèse de mon maître, René Lafon, selon laquelle le basque actuel serait un mélange de plusieurs langues d'origines différentes... Comment avez-vous dit que s'appelait la pierre ?

— *Car* ou *gar*, répondit André.

— C'est une racine qu'on retrouve dans la toponymie ancienne de l'Atlantique au Caucase.

— Au Caucase ?

— Oui, au Caucase. C'est justement René Lafon qui a montré qu'il y avait des parentés entre le basque et les langues du Caucase.

— Alors nous viendrions du Caucase ?

Haritschelhar rit.

— C'est possible, mais il y a longtemps. Nos ancêtres ont dû faire pas mal d'escales en chemin ! Vous permettez que j'enregistre vos... « éructations » ? On va étudier ça de plus près.

Quand, son péroné et son bras guéris, André put retourner en classe, il ne fut plus question de l'incident. Mais, parfois, quand Lucie et Jean Debat posaient les yeux sur leur fils, ils avaient l'air inquiet et perplexe.

8

Papa 200

PENDANT de longs mois ni Maïté, ni André ne firent de nouveaux rêves et le souvenir de l'affaire de la brûlure s'estompa peu à peu. Les analyses minéralogiques de Lassus et les analyses linguistiques d'Haritschelhar furent oubliées au fond de la mémoire des ordinateurs.

André passa brillamment son bac C et Maïté obtint un 18 à l'épreuve de français de la 1re partie. Pour les récompenser, leurs parents décidèrent de les emmener en croisière dans l'Adriatique pendant les vacances.

Le *Monte Citorio* à bord duquel ils s'embarquèrent à Venise, fit escale à Split, à Dubrovnik, puis à Kotor, aux frontières de l'Albanie. Un après-midi, après avoir pris un bain dans une eau merveilleusement transparente, Maïté et André se séchaient sur un rocher au chaud soleil de l'Adriatique. Ce rocher formait une sorte de promontoire en bordure d'une petite vallée côtière plantée d'orangers entre la plage de sable blanc et les montagnes abruptes du Monténégro.

Brusquement, André se retourna sur le ventre et leva les yeux vers Maïté.

— Ça fait longtemps que nous n'avons pas rêvé ensemble, dit-il.

— Dieu merci ! Deux ans après, j'ai encore la chair de poule du dernier cauchemar ! Tu ne crois pas que ça va recommencer ?

— Je me demande. Tu sais, j'ai fait un calcul : tu as dû remarquer que nos rêves s'espaçaient de plus en plus à mesure que nous remontions plus haut dans le temps ?

— Oui, je me souviens. Tu m'avais dit quelque chose dans ce genre à l'hôpital, juste avant cet horrible rêve.

— Je me suis creusé la tête pour trouver une loi de corrélation entre le temps qui sépare deux rêves et celui qui sépare les dates où ils nous ramènent. J'avais d'abord pensé à une fonction linéaire parfaite, mais il y a des variations aléatoires : le temps ne s'écoule probablement pas d'une façon parfaitement uniforme. Le facteur de corrélation varie entre 1 200 et 1 400...

Maïté l'interrompit.

— André, je ne comprends rien à ton charabia. Je sais que tu es plus fort que moi en maths, mais tu pourrais essayer de te mettre au niveau de ma petite cervelle de littéraire !

— Ecoute, c'est très simple : entre mon premier rêve et le second, celui de Papa 5, il s'est écoulé 5 semaines et 1 jour, soit 36 jours. Je suis remonté dans le temps de 138 ans, soit, à quelque chose près, 50 400 jours. Or, 50 400 jours pour 36 jours, cela fait 1 400 jours pour un jour. Maintenant, prends mon cinquième rêve, celui de Papa 20, qui m'a fait remonter d'environ 600 ans, soit 7 200 mois : il s'est déroulé un peu moins de 6 mois après le premier, mettons 5,5. Ça donne un peu moins de 1 310 mois pour 1 mois. Enfin, prends le dernier rêve : il doit représenter une remontée dans le temps d'à peu près 2 800 ans et il s'est déroulé 2 ans après le premier, ce qui représente 1 400 ans pour 1 an. Tu comprends ?

— Tu veux dire que chaque année qui s'écoule entre deux de nos rêves nous fait remonter de mille trois cents à mille quatre cents ans dans le passé ?

— De treize à quatorze siècles, c'est exactement ça ! De quand date notre dernier rêve ?

— Ça, je me souviens : c'était il y a deux ans, le 28 février.

— Donc, vingt sept mois et demi. En multipliant par 1 350 pour prendre une moyenne, ça fait... un peu plus de 3 000 ans. Comme notre dernier rêve se situait vers l'an 900 avant Jésus-Christ, ça nous mettrait aux environs de l'an 4 000, donc, il y a à peu près 6 000 ans, 60 siècles. En admettant que les générations aient été moins espacées autrefois que maintenant, car les gens vivaient moins longtemps, si nous rêvions ces jours-ci, nous aurions une chance de rencontrer mon Papa 200.

— Ce serait un homme préhistorique : le Ve millénaire avant le Christ, ça nous met en pleine époque néolithique.

— J'espère que mon Papa 200 n'est tout de même pas un pithécanthrope !

— Tu aurais dû mieux suivre les cours d'histoire, André. Les hommes de Cro-Magnon n'étaient pas très différents de nous. La statue qui est à l'entrée de la grotte des Eyzies est une caricature parfaitement imaginaire. À l'époque néolithique, la vie était déjà assez civilisée : on ne connaissait simplement pas le métal.

— Au moins je ne risquerai pas de me faire brûler dans une fonderie !

Il rit et, se retournant sur le dos, se laissa aller à une douce somnolence. Vaguement, il entendait les cris et les rires de leurs parents qui pêchaient non loin de là sur un Zodiac.

Brusquement, alors qu'il sombrait dans le sommeil, le silence se fit. Surpris, il s'assit et regarda autour de lui. Le paysage n'avait pas changé, mais le niveau de la mer avait baissé de plusieurs mètres. Une ligne de rochers découverts prolongeait le promontoire. Sur la droite, le petit port où était mouillé le *Monte Citorio* avait disparu. Sur la mer vide, il n'y avait plus trace ni du paquebot, ni du Zodiac.

Il se retourna. Maïté, elle aussi assise, le regardait avec de grands yeux.

— Nous rêvons, n'est-ce pas ? lui dit-il.

Elle lui montra la petite plaine côtière d'où les orangers aussi s'étaient évanouis.

— Il me semble, dit-elle. Ça m'a tout l'air d'un village néolithique.

Sur la partie haute de la plaine, on voyait une construction grossière en boue séchée et, tout autour, des tentes de peau tannée, ornées de dessins géométriques. Des hommes poussaient un troupeau de moutons, de chèvres et de vaches vers un pâturage au pied des rochers. Ils étaient vêtus de tuniques de peau qui leur descendaient jusqu'à mi-mollet. André et Maïté portaient le même costume.

— Je suis Hark, dit André, le fils de Gyor qui est le chef du village. Et toi, tu es Maï.

— Oui, la fille de Dhor, le pêcheur.

— Nous avons à peu près nos âges véritables.

— Oui, toi seize ans et moi quinze...

— Et... nous sommes mariés. Ça t'ennuie, Maïté... je veux dire Maï ?

Elle rosit un peu, puis sourit.

— Tu sais bien que non, Hark. Nous nous aimons depuis l'enfance.

Ils parlaient une langue étrange, mais contrairement à ce qui s'était passé dans leurs rêves antérieurs, ils gardaient le souvenir de leur existence réelle qui leur apparaissait elle même comme un rêve dont ils venaient de s'éveiller.

André regarda le village. Près d'une des tentes, une petite silhouette brune faisait des signes dans leur direction.

— Je crois qu'on nous appelle, dit-il.

— C'est grand-mère Rhya.

Comme ils atteignaient les tentes, André dit :

— Ça ressemble à un campement de Peaux-Rouges dans un western.

— Les Néolithiques en étaient au niveau de développement des Indiens d'Amérique quand les Européens sont arrivés, répondit Maïté.

La robe de grand-mère Rhya était en toile grossière ocre rouge. Son visage ridé était celui d'une très vieille femme, mais, calcula André, elle ne devait avoir guère plus de cinquante ans. Ses yeux bruns et vifs avaient l'autorité qui convient à la mère du chef. Elle était en train de préparer une bouillie dans un vase de terre cuite orné de spirales tracées au poinçon.

— Hark, Maï, dit-elle, je n'aime pas vous voir traîner ainsi près de la mer.

Le mot qu'elle employait pour la mer était le même qui servait à désigner les grandes plaines du nord où, d'après les légendes, la tribu avait jadis erré.

— Vous savez que c'est de la mer que viennent tous les dangers, continuait-elle : les tempêtes, les monstres, les pirates...

— La mer nous nourrit, mère, répondit Hark. Les poissons que nous ramène le père de Maï sont bons à manger.

— Mieux vaudrait nous contenter de notre bétail et de notre chasse, comme nous le faisions dans mon enfance, quand nous vivions dans la montagne. Vous n'avez pas connu le temps où nous poussions nos troupeaux devant nous, saison après saison, changeant de vallée à mesure que les pâturages s'épuisaient, jusqu'au jour où cette mer nous a arrêtés. Au début, nous avions très peur de toute cette eau salée. Nos légendes en parlaient, mais nous n'imaginions pas une pareille étendue.

— Mère, qu'y a-t-il de l'autre côté de la mer ? demanda Hark.

— Il n'y a rien que le bout du monde et par là, vers le couchant, on dit qu'il y a un géant qui tient le ciel sur ses épaules.

— J'aimerais aller le voir.

— Garde-t'en bien, Hark ! Il n'y a que les pirates pour naviguer sur la mer et affronter les monstres qu'elle abrite. Un jour, peut-être, nous irons vers le couchant, mais ce sera en suivant la voie de la terre.

Un groupe d'hommes survint, portant sur une grosse branche le corps d'un cerf énorme. En tête, marchait un homme barbu aux épaules larges. Sa tunique de cuir était mieux cousue et plus ouvragée que celle de ses compagnons.

— La chasse a été bonne, dit-il. Mère Rhya, appelle les femmes pour qu'elles dépècent la bête et fument la viande.

André considéra Gyor, son Papa 200. Il était difficile de lui trouver quelque trait de famille.

Ses cheveux noirs et longs tombaient sur ses épaules et masquaient le haut de son front.

— Dhor a-t-il fait bonne pêche ? demanda-t-il à Maï.

— Il n'est pas encore rentré, père.

— J'espère qu'il ne s'est pas trop éloigné. Le chef du village qui est au levant m'a fait savoir qu'on avait aperçu une embarcation au large, ces jours derniers.

— Dhor pose ses nasses derrière la pointe. On doit le voir du rocher.

— Hark ! Va voir si tu l'aperçois et dis-lui de ne pas trop tarder.

Hark avait à peine atteint le sommet du rocher qu'il vit le radeau du pêcheur faisant route vers la plage. Dhor se hâtait, plongeant sa perche dans l'eau à grands mouvements vigoureux et rapides.

Quand Hark le héla, il leva les yeux vers lui, puis montra du doigt un point à l'horizon en criant quelque chose que le garçon ne comprit pas.

Mettant sa main en visière au dessus de ses yeux, il regarda dans la direction qu'indiquait Dhor. C'est seulement au bout d'un moment qu'il aperçut très loin en mer un point noir qui dansait sur les vagues.

Précipitamment, il dévala le rocher et courut vers Gyor.

— On voit une embarcation sur la mer, père ! Dhor rentre. Il sera là dans un instant.

Une embarcation sur la mer, cela ne pouvait annoncer qu'un danger, probablement des pirates. Gyor donna quelques ordres brefs et aussitôt deux hommes se mirent à souffler dans des conques dont le mugissement lugubre alla se répercuter jusqu'aux montagnes où les pasteurs l'entendirent et poussèrent leur bétail plus avant à l'abri des gorges. Dans le village, les femmes, les enfants et les vieillards coururent se réfugier à l'intérieur de la construction de terre sèche.

Gyor fit poster les hommes et les adolescents du village, une quarantaine en tout, derrière les rochers. Ils étaient armés de massues, de lances et de propulseurs qui pouvaient projeter des dards à pointe de pierre à plus de cinquante pieds. Puis il s'avança vers la plage où Dhor venait d'échouer son radeau grossier de troncs noués par des lanières de cuir. Ils examinèrent tous deux l'embarcation qui s'approchait rapidement. C'était un gros bateau ventru poussé par une voile unique, de forme carrée. Trois paires de rames aidaient l'action du vent.

Hark distingua bientôt la couleur brun délavé de la voile. Elle portait en noir un emblème qu'il reconnut pour une tête de taureau. Manœuvrant à la rame, le bateau entra dans la crique et fut bientôt si près qu'on apercevait par dessus le bordage les têtes hirsutes des pirates et leurs longues lances effilées.

Quand le bateau toucha et s'inclina sur le bord, une vingtaine d'entre eux sautèrent à l'eau et, à grandes enjambées, pataugèrent vers le rivage en poussant des cris effrayants. Hark avait déjà assisté à plusieurs incursions de pirates et connaissait leur tactique. Ils allaient essayer d'occuper le village afin d'y faire main basse sur tout ce qu'ils trouveraient de précieux ou de comestible. Mais surtout, ils chercheraient à faire le plus de captifs possible, des femmes et des enfants. Ils égorgeaient les vieillards sans pitié.

Une deuxième vague de pirates sautait à l'eau. Gyor attendit que la première fût à une trentaine de pas pour donner le signal de lancer les dards. Les propulseurs en os sifflèrent et une demi-douzaine d'assaillants s'abattirent sur le sable. Les autres ripostèrent, utilisant des sortes d'arcs rudimentaires, mais la plupart des flèches vinrent se briser sur les rochers. Une deuxième volée de traits à pointe de pierre jaillit des rangs des défenseurs et l'attaque faiblit. Mais Hark vit la deuxième vague des pirates qui avait atteint les tentes et, prenant à peine le temps de les piller, se dirigeait vers la construction de terre où étaient réfugiées les femmes avec les enfants et les vieillards. Il le signala à Gyor qui hocha la tête. Levant le bras, il donna le signal de l'attaque. Brandissant des massues incrustées d'éclats de silex et des couteaux de pierre polie, les hommes se ruèrent à l'assaut pour le corps à corps.

C'était la première fois que Hark voyait les pirates d'aussi près. Ils étaient torse nu et portaient des pagnes de cuir.

Leur peau était sombre et tannée. Leurs cheveux fous étaient taillés en frange sur le front et courts sur les épaules. Ils étaient armés surtout de haches, de poignards et de longues épées de pierre verte dont ils se servaient avec une terrible dextérité. Déjà, trois hommes du village étaient étendus sur le sol, le crâne fendu par les lourdes lames et un quatrième agonisait, une plaie profonde à la poitrine.

Au cœur du combat, Gyor maniait sa massue sans relâche, laissant autour de lui à chaque volée deux ou trois adversaires sur le sol. Mais la colonne qui traversait le village avait déjà atteint la maison de terre et commençait à se replier, entraînant avec elle des femmes et des enfants. Mené par Gyor, un groupe de guerriers se précipita pour intercepter les ravisseurs. Ils réussirent à engager le combat avant que les pirates atteignent le rivage. La plupart des captifs en profitèrent pour s'enfuir et courir en criant vers le refuge de la montagne. Mais une demi-douzaine de prisonniers restaient encore entre les mains des pirates quand ils arrivèrent à la plage. De loin, Hark reconnut sa femme parmi eux.

— Maï ! cria-t-il.

Embrochant un pirate de sa lance, il se dégagea de la mêlée et courut vers le rivage. Il trébucha sur le cadavre égorgé de Rhya. Poussant leurs captifs devant eux, les ravisseurs pataugeaient vers le bateau. L'autre groupe rompait le combat et courait à son tour vers l'eau. Rejoignant Hark et ralliant ses hommes, Gyor fonça derrière eux, mais quand ils arrivèrent à la plage, les pirates avaient déjà remis le bateau à flot et étaient montés à bord avec leur butin. La voile fut hissée et les rames se levèrent. Dans l'eau jusqu'à mi-corps, Gyor et ses hommes faisaient pleuvoir sur les pirates des nuées de dards, mais, longeant le promontoire, le bateau fut bientôt hors de portée des propulseurs.

Sur l'étroite plate-forme qui dominait l'arrière de

l'embarcation, Hark aperçut Maï. Elle se débattait entre deux pirates. Soudain, d'un mouvement brusque, elle se dégagea et plongea par-dessus bord. Elle était à une vingtaine de pas des rochers.

D'un bond, Hark escalada le promontoire et gagna l'extrême pointe des rochers. Il voyait Maï se débattre dans l'eau tout près de lui, mais trop loin pour qu'il pût l'atteindre avec la main. Sans hésiter, il plongea, tout de suite suffoqué par l'eau saumâtre. Il ne savait pas nager : Dhor était le seul à savoir au village. A force de se débattre, il parvint à maintenir son visage à la surface. Maï paraissait beaucoup plus loin maintenant. Parties du bateau, quelques flèches sifflèrent à ses oreilles, en bout de course.

Faisant un effort désespéré, Hark réussit à se rapprocher des cheveux de Maï qui apparaissaient et disparaissaient à la surface des vagues comme un paquet d'algues flottantes. Enfin ses doigts frôlèrent la chevelure. Il s'y accrocha et tira vers lui. Il sentit les jambes de Maï qui se nouaient aux siennes, l'immobilisant et le faisant couler à pic. Battant frénétiquement de son bras libre, il réussit à faire surface une seconde, le temps de reprendre son souffle. Mais ce ne fut qu'un bref répit. Il coula de nouveau.

C'est alors que des mains saisirent son bras et le tirèrent vers le haut.

— Laisse-toi faire ! cria la voix de son père, et surtout, ne lâche pas Maïté !

Péniblement, il fut hissé à bord du Zodiac. Maïté suivit.

Elle était inconsciente. On l'étendit sur le ventre au

fond de l'embarcation, puis, après lui avoir fait quelques tractions, le docteur Debat la retourna sur le dos et lui fit le bouche-à-bouche. Dix minutes plus tard, elle ouvrait des yeux effrayés.

— Hark ! balbutia-t-elle en reconnaissant André. Les pirates sont partis ?

— Quel charabia parles-tu là ? lui demanda son père. Que dis-tu ?

— Je sais, dit André. Elle demande si les pirates sont partis.

— Quels pirates ?

— Ceux de notre rêve.

Jean Debat fronça les sourcils.

— Encore un rêve ? Je croyais que ça vous avait passé !

— Cette fois, nous étions au Néolithique, du temps de Papa 200.

— Ce que je ne comprends pas, dit Lucie, c'est comment vous avez failli vous noyer. Maïté et toi êtes d'excellents nageurs. Je vous regardais de temps en temps. Vous étiez étendus au soleil, sur le rocher, et puis soudain, vous vous êtes retrouvés en train de vous débattre dans l'eau !

— Je m'étais jeté au secours de Maï... de Maïté que les pirates enlevaient après avoir pillé le village.

— Le village ? Quel village ?

— Celui qui était là... C'était à peine un campement.

— Qui étaient ces gens ?

— Je ne sais pas s'ils avaient un nom. Mais j'ai bien reconnu Papa 200. Il s'appelait Gyor.

Le docteur haussa les sourcils et hocha la tête.

— Ce qui m'étonne, c'est que tu l'aies rencontré ici même. Nous sommes loin de la vallée d'Aspe.

— C'étaient des nomades. Grand-mère Rhya parlait de repartir vers l'ouest.

— Et d'où venaient-ils ?

— De la montagne. Avant, je ne sais pas.

Le docteur Debat décida de mettre la chute dans l'eau sur le compte d'un accident et le rêve néolithique sur celui de l'affolement consécutif à la noyade. Pendant le reste de la croisière qui fut très agréable, tout le monde fut attentif à ne pas faire allusion à l'affaire.

À la rentrée, toutefois, André qui allait commencer son DEUG de physique-chimie à l'Université de Pau, raconta l'aventure à Lassus. L'anthropologue n'eut pas l'air tellement étonné.

— Cela confirmerait l'hypothèse de l'arrivée de notre peuple dans cette région au milieu du IVe millénaire. Il n'est pas surprenant non plus que nos ancêtres se soient arrêtés sur les bords de l'Adriatique. Il y a eu là, plus tard, des peuples comme les Illyriens et les Daces qui sont peut-être nos anciens cousins.

Il posa aussi beaucoup de questions de détail.

— Tu dis que le vase dans lequel on faisait la cuisine était orné de rainures en spirale ?

— Oui. Il y en avait d'autres.

— Si je ne me trompe, c'est un motif de décoration qui caractérise ce qu'on appelle le Danubien I. Quant à vos pirates, l'emblème du Taureau fait penser qu'ils venaient de Crête. Il y avait là au Néolithique une civilisation préminoénne passablement avancée.

— Vous croyez que nous allons encore rêver ?

— Je ne sais pas, mais ce que je me demande, c'est où vous allez arriver.

9
Papa 500

PLUS de dix ans passèrent. L'année où André fut reçu à l'agrégation de sciences physiques, il épousa Maïté. Deux ans plus tard, elle passait elle-même l'agrégation d'histoire.

Après trois ans d'errance dans des postes lointains, Mézières et Orléans pour André, Mulhouse et Tours pour Maïté, période pendant laquelle ils ne se virent guère qu'aux week-ends, ils finirent par obtenir un poste double au lycée d'Oloron.

André avait déjà entrepris de faire des recherches en vue d'une thèse sur la biologie de l'environnement. Son nouveau poste lui permit d'y travailler plus sérieusement au laboratoire du professeur Bergès à l'Université de Pau.

C'était une vie épuisante car, dans le temps libre que lui laissait son service d'enseignement au lycée, André faisait la navette quasi quotidiennement entre Oloron et Pau. Maïté, de son côté, participait à un vaste projet d'histoire régionale qui l'appelait chaque semaine à Bordeaux.

Le dimanche, il leur arrivait encore de faire du ski ou des courses en montagne, mais André avait dû complètement abandonner le rugby. Suivant l'exemple de son père, il s'était mis à la pelote basque, mais il y jouait *a pala*, avec une raquette de bois, le jeu à main nue ne s'accommodant guère d'un travail où il fallait avoir les doigts dégourdis. Une seule partie laissait la main si enflée qu'il était impossible d'écrire pendant deux jours.

Ils vivaient dans un petit appartement rénové de la vieille ville d'Oloron. Du balcon, on dominait l'amoncellement des toits d'ardoise grise et l'on devinait les verdures du bord du gave. C'était un peu petit et quand ils auraient des enfants, il faudrait sans doute déménager.

Mais ils avaient d'un commun accord décidé de ne pas en avoir tant qu'André n'aurait pas terminé sa thèse et que son avenir universitaire ne serait pas plus nettement assuré.

Ils étaient mariés depuis bientôt quatre ans quand André soutint sa thèse à Pau sur les biorythmes de l'écologie humaine. Il fut fait docteur avec la mention très honorable et les félicitations du jury. Dès la rentrée suivante, le professeur Bergès le prit avec lui comme maître-assistant.

Au cours de l'hiver, Maïté fut enceinte. Au mois de juin, elle se mit en congé de maternité. Tout était prêt pour l'accouchement. Louise Ibarrondo et Lucie Debat, toutes à la joie d'être bientôt grands-mères, se relayaient auprès de leur fille et belle-fille. Le docteur Debat avait fait le nécessaire à la maternité de l'hôpital d'Oloron pour que tout se passât dans les meilleures conditions.

Les dernières semaines furent les plus éprouvantes. André ne cachait pas son impatience, au point que Maïté en était parfois mi-agacée, mi-amusée.

— Enfin, André, disait-elle, on dirait que cet enfant est ta propriété personnelle. Mieux que tout autre, tu sais qu'il n'est qu'un maillon dans la longue chaîne de tous ceux qui se sont transmis la vie. As-tu oublié Papa 5, Papa 10, Papa 100 ?

— J'y songe quelquefois. Sais-tu que maintenant, nous en serions à Papa 500 ?

— Pour le coup, nous remonterions à l'époque paléolithique.

Elle se caressa le ventre.

— J'espère que nous avons fait un homo sapiens sapiens, mais qui sait ce qu'il restera en lui de son ancêtre, l'homme des cavernes ?

Quelques jours avant la date prévue pour l'accouchement, le professeur Bergès fit appeler André d'urgence chez lui. Il le reçut étendu dans son lit.

— Mon cher ami, lui dit-il, je sais qu'il vous est difficile de vous absenter en ce moment, mais je vais vous demander un très grand service. Vous savez que je dois présenter le résultat de nos recherches au séminaire sur les radionucléides dans les chaînes alimentaires, qui doit se tenir la semaine prochaine à Tbilissi, en Union Soviétique. Or j'ai fait ce matin une mauvaise chute qui m'a déplacé une vertèbre lombaire. Ce ne sera sans doute pas grand-chose, mais je suis incapable de bouger et, moins encore de rester assis dans un avion pendant plusieurs heures. Vous êtes le seul à pouvoir présenter mes notes et vous n'ignorez pas l'importance de notre participation à ce séminaire. Ses conclusions, quand elles seront publiées, pourront avoir une influence considérable sur l'alimentation humaine. Puis-je vous demander le sacrifice de quelques jours pour me remplacer ? Le séminaire commence lundi et dure trois jours. C'est bien le diable si votre femme vous joue le tour d'accoucher pendant cette semaine-là !

Quand André parla de la requête de Bergès à Maïté, elle l'accueillit plutôt favorablement.

— Va-t-en donc pour quelques jours, dit-elle. Ça te détendra les nerfs et moi, ça me soulagera de ne pas te voir tourner en rond comme une poule qui a perdu ses poussins. Et comme tu n'es pas accoucheur, que tu sois à Oloron ou à Tbilissi, ça ne changera pas grand-chose pour moi au cas où j'accoucherais. Sais-tu au moins où est Tbilissi ?

— Je sais que c'est en U.R.S.S. quelque part vers le sud.

— C'est dans le Caucase. Tbilissi, anciennement Tiflis, est la capitale de la république socialiste soviétique de Georgie. Un million d'habitants. Industries : machines-outils, textile, agro-alimentaire. Ruines et vieux monuments intéressants. Université importante.

Quand Lassus vint les voir dans la soirée, il se montra lui aussi favorable au voyage d'André en Georgie.

— Dans le Caucase, ajouta-t-il en manière de plaisanterie, si tu avais encore l'habitude de faire des rêves généalogiques comme autrefois, et dans la mesure où les théories de René Lafon sur les origines du basque sont exactes, tu aurais une chance de rencontrer un de tes « Papas ».

— J'ai fait le calcul, dit André. Ce serait Papa 500.

— Il y a donc quelque chose comme... quinze mille ans. C'est-à-dire vers la fin du pléistocène, dans les derniers millénaires de la glaciation de Würm. Il est vrai que cette période glaciaire a surtout touché l'Amérique mais il ne devait pas faire tellement chaud dans le Caucase. Quant aux civilisations qui pouvaient y exister, elles devaient se situer entre le solutréen et le magdalénien. C'était une époque où il y avait de fameux artisans du silex et de l'os. Vous n'imaginez pas la variété et l'ingéniosité des outils qu'on trouve dans les gisements.

— De toute façon, dit André, il est peu probable que je rêve. Depuis que nous nous connaissons, Maïté et moi avons toujours rêvé ensemble et nous allons nous trouver séparés par plusieurs milliers de kilomètres.

— En rêve, les distances n'existent pas, dit sentencieusement Lassus.

André prit un supersonique jusqu'à Moscou, puis un triréacteur Tupolev 2000 jusqu'à Tbilissi.

C'était le début de l'été et le Caucase se dégageait de son manteau de neige. Un peu avant d'atterrir, l'hôtesse signala à André, très loin à l'horizon, le crête blanche du mont Ararat où, d'après la légende, s'était échouée l'arche de Noé.

Son collègue Igor Ilitch Chavchavdze l'attendait à l'aéroport. Il était un peu plus âgé qu'André, mais ils s'étaient souvent rencontrés dans des colloques et des congrès. Igor était un grand garçon sportif au visage fin et énergique qui n'était pas sans rappeler le type de la vallée d'Aspe.

Après une halte au bar de l'aéroport où ils prirent quelques zakouskis arrosés de vodka, Igor conduisit André à son hôtel. Tbilissi était une grande ville, très animée. L'hôtel était situé tout près de l'Université, sur le flanc sud d'une colline qui dominait la ville.

Dès qu'il fut dans sa chambre, le premier soin d'André fut d'appeler Oloron au téléphone. Il n'était encore que onze heures du matin là-bas. Au bout de quelques secondes, il entendit la voix de Maïté qui le rassura sur son état. L'obstétricien était passé dans la matinée et avait dit que tout se passait bien et que l'accouchement était proche.

La journée de travail fut longue et, le casque traducteur sur les oreilles, André n'eut guère le loisir de penser à autre chose qu'à la biochimie de l'environnement. Il fit son exposé avec les notes de Bergès et participa à la discussion qui suivit. Il était tard quand les travaux s'achevèrent et le repas qu'offrirent les autorités locales aux participants du séminaire fut une détente bienvenue. Il y avait au menu toutes sortes de spécialités géorgiennes et surtout un formidable assortiment de vins du pays qu'André trouva délicieux. Il en but d'autant plus qu'il fallut porter un nombre considérable de toasts.

Il avait la tête lourde quand il rentra dans sa chambre.

Mais, avant de se mettre au lit, il pensa tout de même à prendre le téléphone pour appeler Maïté. Le numéro ne répondait pas.

Inquiet, il fit celui de l'hôpital d'Oloron et apprit que madame Debat y était entrée depuis une heure. Sa mère en personne vint à l'appareil.

— Ne t'inquiète pas, mon chéri. Maïté va très bien.

Les douleurs ont commencé. Elle devrait accoucher dans la nuit.

— Avertissez-moi dès qu'il y aura du nouveau.

— La communication est difficile à obtenir de France, mais nous t'enverrons un télégramme.

Le vin de Georgie aidant, il sombra rapidement dans un sommeil profond et lourd. Le rêve fut sur lui presque aussitôt.

Il était sur une colline herbeuse, près d'un gros rocher. À ses pieds s'étendait une plaine rase où poussaient de rares buissons. Il lui fallut un moment pour reconnaître la ligne des montagnes qui barraient l'horizon au sud et qu'il avait à peine entrevues lors de son arrivée à Tbilissi. Il faisait nettement plus frais qu'à ce moment-là. On devait pourtant être à la belle saison, car des fleurs multicolores perçaient le tapis d'herbes par endroit couvert de plaques de givre. Il ramena sur ses épaules la peau d'ours qui lui servait de vêtement et se dirigea vers l'un des abris en terre sèche qui étaient adossés au rocher.

C'était là qu'il vivait avec sa femme, Ma, qui était en mal d'enfant. Lui-même était Urk fils de Kwar et de Bora.

Tout le long de la base du rocher, une douzaine d'autres abris formaient une sorte de hameau. On entrait dans chacun par une sorte d'ouverture de forme vaguement circulaire. Comme il approchait du sien, il vit sortir Kam, le chaman. Il portait sur le visage des dessins ocre rouge, de la même couleur que les peintures qu'il faisait sur les parois de la grotte sacrée.

— Ma est sur le point de mettre bas, dit-il brièvement. Tu sais ce que tu dois faire.

Il s'éloigna vers son abri, marqué par une perche à

laquelle pendaient des fétiches. Kwar et Bora sortirent à leur tour.

Papa 500 était trapu et ses cheveux étaient ramenés en chignon sur son crâne long. Il marchait légèrement voûté, les bras en avant, et ses mains puissantes et habiles à faire jaillir les éclats du silex, atteignaient presque ses genoux. A côté de lui, Mère Bora, les hanches larges et la poitrine lourde, se tenait plus droite. Elle regarda son fils avec autorité et dit :

— Il est temps que tu conduises Ma au bois des mères.

La langue était rude et contenait peu de mots. Caché dans celui d'Urk, le cerveau d'André ressentait l'emprise impérieuse qui émanait de la Mère, gardienne de la tradition et maîtresse de la vie. Sauf au combat et à la chasse, c'était Bora qui commandait la horde. Elle venait de lui rappeler l'usage immémorial qui voulait que les femmes aillent accoucher dans la solitude.

Une pensée fugitive lui rappela qu'une coutume de ce genre existerait un jour chez les Indiens d'Amérique.

— Je vais t'aider, dit Kwar.

Ils entrèrent tous deux dans l'abri. Contre la muraille, Ma était étendue sur des herbes sèches et gémissait doucement, avec parfois un cri qu'elle étouffait en mordant un morceau de cuir séché.

Urk la prit par les épaules et l'aida à se mettre debout.

Il passa un bras autour de son cou tandis que Kwar faisait la même chose de l'autre côté. Le visage d'Urk était à moitié enfoui dans l'épaisse chevelure de Ma. Elle sentait le musc et la graisse d'ours, mais, au fond de sa demi-conscience, André reconnut, lointain, le parfum de bruyère sauvage qui était celui de Maïté.

— Je peux marcher, dit Ma.

Soutenant son ventre énorme à deux mains, elle se dirigea vers l'extérieur, les deux hommes la soutenant de part et d'autre par les bras.

À pas lents, ils contournèrent le rocher et s'engagèrent sur le sentier qui montait au plateau sur lequel, quinze mille ans plus tard, s'élèverait le laboratoire de biochimie d'Igor.

L'air était piquant et léger. Ma respirait à petits coups, s'arrêtant de temps en temps pour mordre son morceau de cuir.

Usk la voyait de profil et André, en lui, s'émerveillait, profondément ému, de voir à quel point elle ressemblait à Maïté.

C'était comme s'il était retourné à son époque et prenait soin d'elle à l'hôpital d'Oloron.

Ils mirent un quart d'heure pour atteindre le petit bois de bouleaux où, selon la coutume, les femmes venaient accoucher. Usk choisit un endroit abrité au pied d'un vieil arbre et, apportant de la mousse, y improvisa une couche. Ma s'y étendit, jambes écartées et cuisses nues, son fin visage périodiquement tordu par des contractions de douleur.

Un instant, Kwar et Usk la regardèrent sans mot dire, puis Usk passa sa main dans ses cheveux. Kwar le prit par le bras.

Ils revinrent ensemble vers le rocher. Kwar dit :

— Ne sois pas inquiet. C'est ainsi que je suis né et que tu es né toi-même.

Et ainsi pendant cinq cents générations, pensa vaguement André. Bien sûr, les mœurs évolueraient, mais Maïté, dans tout le confort et toute la sécurité de l'hôpital d'Oloron, se sentait-elle moins seule que Ma au pied de son arbre ?

Kwar et Usk laissèrent promener leur regard sur la plaine.

Au loin, on distinguait un troupeau de mammouths au pelage rougeâtre. Plus près, une harde de rennes broutait l'herbe verte en bordure d'un ruisseau.

— Bientôt, dit Kwar, nous irons à la chasse. J'ai préparé de nouveaux harpons avec les défenses du mammouth que nous avons trouvé mort l'hiver dernier.

Papa 500 faisait beaucoup de gestes en parlant, comme si la langue qu'il utilisait ne suffisait pas à exprimer toutes ses pensées.

— Il y a beaucoup de rennes, ce printemps, dit Usk.

Le bras de Kwar décrivit un grand cercle.

— Ils remontent de l'endroit où le soleil est le plus haut. Mais les tigres et les chiens sauvages remontent avec eux. Ils sont dangereux. Dans ma jeunesse, j'ai dû lutter contre un tigre et j'ai été blessé.

Quel âge avait-il ? Quarante-cinq ans peut-être. C'était un vieillard, mais ses doigts étaient habiles à fabriquer des armes et des outils avec la pierre et l'os. Kam, le chaman, le respectait et même Mère Bora, la maîtresse de la horde, écoutait ses conseils. Quand les Visages Plats venus du levant s'étaient attaqués au hameau, le courage et l'ingéniosité de Kwar les avait mis en fuite. Usk était tout jeune à ce moment-là, mais il se souvenait de l'affrontement sauvage des guerriers à coups de massues, de harpons et de coups de poing taillés dans le silex.

Les Visages Plats n'étaient jamais revenus et la horde vivait en paix depuis plusieurs années. La nourriture était abondante et les jours n'étaient pas menaçants. Une vague d'allégresse souleva la poitrine d'Usk. Ma allait avoir un enfant et il était ému à l'idée que cet enfant fût aussi le sien. Un enfant appartenait à sa mère, bien sûr, et beaucoup d'hommes ne se souciaient pas de leur progéniture, mais il avait toujours existé entre Ma et lui un lien privilégié. Cela venait sans doute du rôle de gardiens du feu qu'ils partageaient dans la horde. Instruits par Kam et Bora, ils avaient appris comment faire jaillir le feu en heurtant violemment deux pierres l'une contre l'autre, puis comment le nourrir de mousses sèches, puis le faire grandir en lui donnant des branches à dévorer. L'enfant qu'ils avaient fait ensemble était comme un feu.

Un faible vagissement leur arriva, porté par le vent.

— Ma a donné le jour, dit Kwar.

— Allons-y, répondit Usk.

Quand ils arrivèrent au pied du gros bouleau, Ma détachait d'une main délicate les membranes qui enveloppaient le nouveau-né posé sur son ventre.

Elle leva vers eux ses yeux noirs et profonds.

— C'est un mâle, dit-elle.

Usk saisit le nouveau-né dans ses bras et regarda le visage fripé. Une tendresse profonde faisait battre son cœur, mais il n'avait pas de mots pour le dire.

— Donne, dit Kwar.

Papa 500 souleva le bébé à bout de bras et le regarda attentivement.

— Il est sain. Son nom sera Zag le Chasseur, du moins si Mère Bora est d'accord.

C'est à ce moment qu'un aigle qui planait haut dans le ciel fondit sur le groupe à travers une trouée dans le feuillage en poussant un cri strident. Arrachant l'enfant à Kwar, Usk se jeta sur le sol en le serrant contre sa poitrine. Il sentit le souffle de l'aile gigantesque et le cri suraigu vrilla son oreille.

C'était le téléphone qui sonnait. Ouvrant les yeux, il vit qu'il faisait grand jour et décrocha le combiné.

— *Gaspadin Diebat ?* dit une voix. *Vass gavarit prafiessor Chavchavdze.*

Puis ce fut la voix d'Igor.

— Debat ? Nous venons de recevoir un télégramme à l'Université. Mes félicitations ! C'est un garçon ! Ne bouge pas, nous venons fêter ça avec toi !

André, remercia, raccrocha et appela aussitôt l'hôpital d'Oloron.

Ce fut son père qui lui répondit.

— Mes félicitations, André ! Ton garçon est parfaitement sain !

— Comment va Maïté ?

— Très bien. Je suis dans sa chambre. Tu veux que je te la passe ?

La voix de Maïté était à peine fatiguée.

— Chéri ! Il est magnifique !

— Tu n'as pas trop souffert ?

— Un peu, jusqu'à ce que j'arrive à l'hôpital. Quand j'avais trop mal, je mordais dans un bout d'attache de ski en plastique qui était dans la poche de ma robe de chambre.

— Comment l'appellerons-nous ?

— Tu sais bien... Zago.

Quand ils en avaient parlé, ils avaient pensé à Pierre.

Le nom de Zago lui rappelait son rêve et, au ton de Maïté, il comprit qu'elle voulait lui dire quelque chose.

— Il y a quelqu'un d'autre qui écoute ? demanda-t-il.

— Non.

— Tu étais là ? demanda-t-il. Tu as rêvé ?

— Oui, on m'a endormie pendant la dernière demi-heure.

— Tu te souviens de Kwar et de Mère Bora ?

— Je me souviens, chéri... A propos de mère, la tienne n'est pas d'accord pour Zago.

Là-bas, à Oloron, Lucie dut prendre l'appareil car sa voix remplaça celle de Maïté.

— Ce n'est pas que je sois contre, André, mais à l'état civil, on n'acceptera pas. Si vous tenez à Zago, prenez un prénom qui y ressemble, Jacques, par exemple.

— Ecoute, maman, entends-toi avec Maïté. Je vous fais confiance. Tu me la passes ?

Quand il l'eut de nouveau au téléphone, il dit :

— Il semble bien que les Mères Bora n'aient rien perdu de leur autorité ! Mais pour nous, ce sera toujours le petit Zag qui est né dans le bois de bouleaux, au dessus de Tbilissi.

À peine André eut-il raccroché que l'on frappa à la porte.

C'était Igor et ses collègues, les bras chargés de bouteilles de vodka, de vin et de victuailles diverses.

Igor emplit les verres.

— Comment appelles-tu ton fils, Debat ? demanda-t-il.

— Zago.

— C'est presque un nom georgien ! A la santé de Zago ! *Do dna !* Cul sec !

André ajouta en pensée un souvenir pour Papa 500.

10
Papa 1000

QUELQUE dix ans plus tard, André Debat était professeur à l'Université de Pau où il avait succédé au professeur Bergès. À moins de quarante ans, il jouissait d'une réputation internationale et parcourait le monde pour le compte des deux grandes organisations de l'O.N.U., l'O.M.S. pour la santé et la F.A.O. pour l'alimentation.

Parfois, Maïté l'accompagnait dans ses voyages. Elle avait abandonné l'enseignement pour ouvrir à Pau, où ils s'étaient installés, une librairie à vocation régionale. Cela ne rapportait guère, mais elle gagnait un peu d'argent en écrivant des livres de vulgarisation historique. Ses souvenirs de rêves donnaient à ses descriptions et à ses évocations un accent de vérité auquel les lecteurs étaient sensibles.

À 10 ans, Jacques, dit Zago pour les intimes, venait d'entrer en 6e. Il montrait la même activité débordante et la même curiosité passionnée que son père à qui il ressemblait beaucoup.

Il aimait le sport et pratiquait le hand-ball dans l'équipe des minimes de la Section Paloise. Le samedi ou le dimanche, en hiver, sa grand-mère Lucie Debat qui s'occupait de lui quand ses parents étaient en voyage, venait le chercher pour l'emmener faire du ski à Candanchu et à Astun. Elle ne le suivait plus sur les pistes de vitesse, mais, au retour, ils s'arrêtaient à Peyranère pour chausser les skis de fond et faire une promenade de quelques kilomètres à travers les bois enneigés. Ce que Zago préférait c'était quand, après le ski, ils s'arrêtaient à l'Auberge Cavalière d'Accous pour prendre un chocolat chaud devant un grand feu de bois.

Lucie racontait alors à Zago les histoires de la famille. Maïté avait bercé l'enfance de son fils de récits inspirés de ses rêves et, à mesure qu'il grandissait, l'enfant était avide d'en savoir davantage et posait toujours plus. de questions. Les adultes avaient longuement discuté en famille pour savoir s'il convenait de lui dire la vérité. En tant que grand-père, le docteur Jean Debat était plutôt contre. Il voyait dans ces rêves dont il n'avait jamais admis que difficilement la réalité, des jeux de l'imagination susceptibles d'éveiller chez son petit-fils le goût de l'irrationnel, ce qui était incompatible avec la carrière scientifique qu'il envisageait pour lui. André était un peu de son avis, mais avec des nuances.

— Tu es un praticien, Papa, disait-il, et il te faut du concret et du raisonnable, mais je t'assure que dans la science fondamentale, on a besoin d'une part de rêve, pas trop, bien sûr : dans la recherche scientifique, la raison froide et exigeante doit dominer à quatre vingt dix-neuf pour cent, mais il doit rester un grain de folie, d'imagination débridée. Einstein n'aurait pas découvert la relativité s'il n'avait pas été un peu poète.

— Je suppose que tu n'as pas la prétention de faire un Einstein de Jacques ?

— Pourquoi pas ? demandait Maïté. Il en est aussi capable qu'un autre mais il n'y arrivera pas en restant le nez collé sur les tables de la loi scientifique. On ne peut pas nier que l'histoire soit une science, Papi, mais je vous assure qu'elle demande beaucoup d'imagination et même de rêve.

— De toute façon, intervenait Lucie, nous avons tous cru les uns et les autres au père Noël et, au fond de nous, la plupart continuons à y croire d'une certaine façon. Il reste toujours un peu de contes de fées dans la vie. Prenons les rêves de Maïté et d'André comme tels.

Bien que plus discrets sur le sujet, les Ibarrondo étaient du même avis que leur fille. Le ferronnier dit :

— Si je n'avais pas rêvé, j'aurais passé toute ma vie à forger des socs, braser des axes et souder des pièces de machines agricoles. C'est parce que j'avais des rêves dans la tête que j'ai pu fabriquer quelques objets que je trouve beaux et qui m'ont donné de la joie.

— La question n'est pas là, objecta André. Des rêves, Jacques en a eu tout son soûl avec les histoires que lui ont racontées sa mère et sa grand-mère. La question est de savoir si nous allons lui expliquer que ces rêves n'étaient pas des rêves comme les autres, qu'ils étaient dotés d'une étrange réalité que nous ne sommes pas capables d'expliquer.

— Encore faudrait-il savoir si cette réalité n'était pas une illusion, grommela Jean Debat.

— Je pense que le seul d'entre nous qui ait pris les choses avec sang-froid et bon sens, c'est Lassus. Jacques a une confiance totale en celui qu'il appelle Tonton Lassus. Je pense que c'est à lui que nous devrions laisser le soin d'expliquer les choses au petit.

Ainsi en fut-il décidé. Contacté par téléphone, Lassus accepta la mission. Il prit prétexte des vacances de Carnaval pour proposer à Jacques de l'accompagner pour une promenade de quarante-huit heures en ski de fond dans la région de l'Aberrouat.

Le soir du premier jour, devant la cheminée du refuge, il entreprit de raconter l'histoire à l'enfant.

Ses yeux noirs fixés sur le visage de l'anthropologue, Jacques écouta attentivement sans montrer de signes de surprise.

— Alors c'est vrai, Tonton, dit-il enfin, que Papa et Maman ont réellement rencontré tous ces ancêtres ?

— C'est assez incroyable et c'est certainement inexplicable, mais ça a tout l'air d'être vrai.

— Et je suis né à la fois à Oloron et quelque part dans le Caucase au temps des hommes des cavernes ?

— Au paléolithique supérieur. Ça en a tout l'air.

— Si Papa et Maman remontaient encore plus loin, Tonton, ils en arriveraient jusqu'aux singes ?

— Rien n'est moins sûr. On pense maintenant que l'espèce humaine s'est détachée de l'ordre des primates parallèlement aux singes et non successivement.

— Il y a longtemps ?

— Oh, des millions d'années.

— Depuis quand y a-t-il des hommes ?

— Ça dépend de ce que tu appelles un homme. Si tu veux dire un homme comme nous, à peu près bâti de la même façon, capable de faire du feu à volonté, de fabriquer des objets compliqués, de penser, de parler, cela ne remonte guère à plus de trente ou quarante mille ans. C'est ce qu'on appelle les Néanthropiens. Mais avant, il y avait les Paléanthropiens et avant encore les Archanthropiens, et de ceux là, à part quelques fragments de leurs os, nous ne savons pas grand-chose.

— Où vivaient-ils ?

— Il y en avait un peu partout, en particulier tout près d'ici, en Dordogne, mais on pense en général que l'origine est en Afrique australe et peut-être en Asie centrale. Pour les Néanthropiens, on est mieux renseigné. Nous parlions du Caucase tout à l'heure : en allant dans cette direction, en Sibérie, il y a eu une grande civilisation paléolithique dans la vallée de l'Angara, près du Lac Baïkal. Ça remonte à trois cents ou trois cent cinquante siècles. La Terre était alors en pleine époque glaciaire.

— Et tu crois que dans l'un de ces rêves on pourrait remonter jusque là ?

— Il y a plus de dix ans que tes parents n'ont pas fait de rêves de ce genre, mais d'après les calculs de ton père, si ça leur arrivait maintenant, le rêve devrait se situer à peu près à cette époque.

Naturellement, Jacques parla de cette conversation avec ses parents.

— Vous étiez réellement là-bas ? demanda-t-il.

— C'est difficile à dire, répondit André, mais j'ai le sentiment que nous y étions de plus en plus réellement.

À la fin, nous avons même ramené des souvenirs : une croix de fer, une brûlure... et puis toi.

— Zago est né à Oloron, dit Maïté.

— Il est né aussi à Tbilissi dans le petit bois de bouleaux. C'est là que je l'ai tenu pour la première fois dans mes bras.

— Vous rêverez encore ?

— À vrai dire, j'espère que non. Ça m'effraie un peu. Quand ça m'arrivait, j'avais l'impression d'être emporté à contre courant dans le temps sans pouvoir résister. J'ai peur de penser où cela peut nous mener.

— Vous n'avez pas envie de connaître Papa 1000 ?

— C'est lui que nous rencontrerions si nous rêvions maintenant. Qui sait ce que nous aurions encore de commun avec lui. ?

Jacques était intrigué par sa double naissance.

— Tu m'emmèneras à Tbilissi, Papa ? demanda-t-il.

— Il faudrait que j'aie une occasion d'y aller, répondit André.

L'occasion se présenta plus tôt qu'il ne le pensait. La même semaine, il reçut une invitation d'Igor Chavchavdze à venir inaugurer son nouvel institut de microbiologie moléculaire et une mission de l'O.M.S. au Japon. Comme l'un et l'autre voyage se situaient en juillet et pouvaient se combiner, André annonça à Maïté et à Jacques qu'il les emmènerait avec lui.

Aussitôt, dans la famille Debat, on se mit à étudier les lignes d'avion et les horaires. Pour aller à Tbilissi il n'y avait pas de problème. Ensuite, il y avait deux solutions : passer par le sud avec escales à Tachkent, Delhi et Pékin ou passer par le nord avec escales à Irkoutsk et Vladivostok. La première solution était la plus confortable mais la plus longue, le deuxième était plus rapide, mais supposait l'utilisation d'une petite ligne locale entre Tbilissi et Irkoutsk.

Après bien des discussions, il fut décidé qu'on passerait par le nord à l'aller et par le sud au retour.

— Irkoutsk, dit Jacques, on en parle dans Michel Strogoff.

— Exact, dit Maïté. C'est la capitale de la Sibérie. Il y a dans les six cent mille habitants. C'est un important nœud de communication entre le lac Baïkal et la rivière Angara.

— La rivière Angara ? s'écria Jacques. Tonton Lassus m'en a parlé. Il paraît que c'était le centre d'une grande civilisation préhistorique.

— La culture de l'Angara ? En effet. On a trouvé des traces de campements paléolithiques à proximité du Baïkal. Certains remontent au trente cinquième millénaire avant le Christ.

À ce moment, les yeux de Maïté croisèrent ceux d'André et ils eurent tous deux le même pressentiment.

La famille Debat prit l'avion le 18 juillet et arriva dans la soirée à Tbilissi. Igor les attendait à l'aéroport et les conduisit au même hôtel où André était descendu dix ans plus tôt.

Dans la chambre, Maïté s'approcha de la fenêtre et regarda la ville que commençait à envahir le crépuscule. Elle montra à André la hauteur sur laquelle se dressait le nouvel institut d'Igor.

— C'était là ? demanda-t-elle.

— C'était là. Le bois de bouleaux était sur la terrasse du haut.

— J'ai l'impression que je reconnais.

L'accueil d'Igor et de ses collègues fut particulièrement chaleureux. Ayant été les premiers à fêter sa naissance avec son père, ils se considéraient un peu comme les parrains de Zago à qui ils firent fête. Le garçon apprécia particulièrement les chachlyk à la broche et eut même droit à un demi-verre de vin de Georgie. Trois jours plus tard, après une douzaine de discours, des centaines de toasts et une visite détaillée des laboratoires de l'institut, les Debat furent reconduits à l'aéroport de Tbilissi par la cohorte joyeuse des biologistes de l'Université.

L'avion d'Irkoutsk était un vieux biréacteur Yakovlev 14, assez peu confortable, mais Maïté et André avaient beaucoup trop bu pour s'en apercevoir. Placé sur le siège derrière ses parents, seul Jacques regardait défiler sous lui la grande steppe sibérienne. C'est seulement après plusieurs heures de vol qu'André et Maïté semblèrent reprendre leurs sens. L'hôtesse leur apporta du thé qu'ils burent avec gratitude. Le relief se fit plus accidenté.

— Nous approchons de la Mongolie, dit Maïté. Irkoutsk n'en est pas loin.

Le haut-parleur grommela quelque chose en russe. L'hôtesse s'approcha et traduisit en anglais.

— Nous atterrirons à Irkoutsk dans vingt minutes.

Les Debat commencèrent à rassembler leurs affaires pour l'escale. Soudain, il y eut un choc sourd qui fit tanguer l'avion violemment. Aussitôt, le haut-parleur se mit à vomir un flot de paroles. Ce devaient être des consignes de sécurité, car les autres passagers bouclaient en hâte leurs ceintures et redressaient les dossiers de leurs sièges. André, Maïté et Jacques les imitèrent.

Jacques qui gardait le nez contre le hublot, dit :

— Nous perdons de l'altitude.

La cause en fut bientôt visible : une épaisse fumée noire s'échappait du réacteur gauche.

L'avion fit une glissade sur le côté, puis reprit tant bien que mal sa ligne de vol tandis que le pilote poussait à fond son réacteur droit.

Le silence le plus absolu régnait dans la cabine. Les lèvres serrées, Maïté crispait une de ses mains dans celles d'André et, passant l'autre bras par dessus le siège, tenait la tête de Zago contre son épaule.

Cela dura une éternité. Le sol, en bas, défilait de plus en plus rapidement tandis que l'avion survolait à moins de trois cents mètres un plateau dénudé que bordait une sorte de falaise.

Le choc fut à peine sensible. Avant même de se rendre compte que l'avion s'écrasait au sol, André perdit conscience.

Longtemps après, il ouvrit les yeux et se releva. L'avion avait disparu et il était jusqu'à mi-genoux dans une neige épaisse, soudain apparue. Regardant autour de lui, il vit à quelques pas Zago qui s'ébrouait et Maïté qui se redressait lentement.

Immédiatement, il comprit que le rêve était sur eux. Ils portaient des peaux de bêtes grossièrement façonnées et peu différentes de celles qu'il avait connues au temps de Papa 500.

Physiquement, ils avaient changé : les arcades sourcilières étaient plus prononcées, les fronts plus fuyants, les crânes plus allongés, mais c'étaient toujours Maïté et Zago. Son cœur s'attendrit à leur vue.

Peinant dans la neige profonde, ils se mirent en route

vers la falaise au pied de laquelle, comme des traits noirs, on distinguait les abris de la horde. Une odeur de bois brûlé vint jusqu'à eux. André affermit sur son épaule le corps du faon qu'il venait de tuer. Zago et Maïté avaient les bras chargés de branches auxquelles pendaient des baies rouges. Il y aurait encore à manger pour quelques jours.

Mais, il le savait, l'emprise du grand froid se faisait de plus en plus dure et il devenait de plus en plus difficile de survivre sur la steppe enneigée. Un jour, il faudrait partir. Ses yeux se portèrent vers le couchant où s'en allait le soleil. C'est par là qu'il emmènerait la horde.

Et alors, il sut qu'il était lui-même Papa 1000 et que, de ce rêve-là, il ne se réveillerait pas. Dans quinze mille ans, il engendrerait Kwar qui engendrerait Gyor qui engendrerait Egin qui engendrerait Marc qui engendrerait Zago qui engendrerait Zébédée qui engendrerait Jean-Baptiste qui engendrerait Jules qui engendrerait Jean qui l'engendrerait lui-même.

À l'entrée de la caverne, le froid avait formé une stalactite de glace. Une goutte d'eau en suinta, tomba, se glissa dans une anfractuosité du rocher. Elle irait rejoindre le ruisselet qui suivait la pente du plateau et, de là, se mêlerait aux eaux du lac Baïkal dans la rivière Angara qui irait se jeter dans le Ienisseï qui irait se perdre dans les glaces de l'océan arctique. Savait-elle où elle allait ?

Lui, il le savait, mais le saurait-il toujours ? Déjà le souvenir des Papas à venir s'effaçait dans sa mémoire. Pendant un moment encore flottèrent dans son esprit des images de cités populeuses, de nourriture abondante, de chaleur. Puis cela aussi s'évanouit.

Papa 1000

À pas lourds, il entra dans la caverne, suivi de sa compagne et de son fils. Bientôt, ils commenceraient la longue marche qui durerait plus de trente mille ans.

TABLE DES MATIÈRES

Imprimé par Vincenzo Bona - Torino (Italie)
N° d'Editeur 96/094 - Dépôt légal Avril 1996